Deseo

D0568698

UNA VEZ NO ES SUFICIENTE

NATALIE ANDERSON

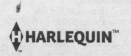

HARLEQUIN™

Editado por Harlequin Ibérica.
Una división de HarperCollins Ibérica, S.A.
Núñez de Balboa, 56
28001 Madrid

© 2010 Natalie Anderson
© 2015 Harlequin Ibérica, una división de HarperCollins Ibérica, S.A.
Una vez no es suficiente, n.º 2075 - 9.12.15
Título original: Unbuttoned by Her Maverick Boss
Publicada originalmente por Mills & Boon®, Ltd., Londres.

I.S.B.N.: 978-84-687-6642-3
Depósito legal: M-30254-2015
Impresión en CPI (Barcelona)
Fecha impresion para Argentina: 6.6.16
Distribuidor exclusivo para España: LOGISTA
Distribuidor para México: CODIPLYRSA
Distribuidores para Argentina: Interior, DGP, S.A. Alvarado 2118.
Cap. Fed./Buenos Aires y Gran Buenos Aires, VACCARO HNOS.

Capítulo Uno

El tiempo no se detenía por nadie. Sophy Braithwaite tampoco.

Impaciente, golpeó el suelo con los pies.

La recepcionista la había conducido directamente al despacho. La placa en la puerta le confirmó que estaba en el lugar correcto.

Esperando.

Se fijó en los cuadros colgados en la pared. Bonitas escenas de la campiña italiana, sin duda elegidas por Cara. De nuevo se volvió hacia el enorme y desocupado escritorio. Las carpetas estaban apiladas en una inestable torre. El correo sin abrir se había desparramado por el teclado del ordenador. Cara no había exagerado al explicarle que había dejado un desastre.

–No me concentraba y esto me ha superado –había afirmado.

«Esto» era un diminuto bebé prematuro que seguía en el hospital. Cara estaba angustiada y lo último que necesitaba era preocuparse por un trabajo de administrativa a tiempo parcial.

La irritación de Sophy creció. ¿Dónde estaba Lorenzo Hall, supuesto genio de la industria del vino, y ojito derecho de las benefactoras de la sociedad, y director ejecutivo de todo ese caos?

–Lorenzo está muy ocupado. Sin Alex ni Dani aquí,

está él solo –Cara se había mostrado muy preocupada cuando la hermana de Sophy, Victoria, le había pasado la llamada–. Sería genial si pudieras ir. Al menos, le evitarías preocuparse por la Fundación del Silbido.

Y había ido, pero desde luego no para evitarle preocupaciones a Lorenzo sino a Cara.

Sophy sacudió la cabeza, irritada mientras volvía a contemplar el caótico escritorio. Llevaría no poco tiempo ordenarlo todo. Ojalá se hubiera negado, pero ella nunca se negaba, no cuando alguien le suplicaba ayuda. Había pasado menos de un mes desde su regreso a Nueva Zelanda, y su familia ya se las había arreglado para organizarle una agenda tan apretada que estaba a punto de estallar. Y ella se lo había permitido dócilmente, a pesar de sus intenciones de ser más asertiva y dedicada a su propio trabajo.

Con esa actitud, su familia no había percibido ningún cambio en ella. Prácticamente había admitido que no tenía nada mejor que hacer, al menos nada más importante, que lo que ellos le pedían.

Pero era mentira.

Si bien le encantaba ayudar a los demás, había algo más que también le encantaba, y el corazón se le aceleraba cuando pensaba en ello. Pero necesitaba tiempo.

De modo que lo que menos le apetecía era estar allí esperando a alguien que, visiblemente, era incapaz de organizar su tiempo. El mismo jefe que había obligado a Cara a llamarla desde la cama del hospital para pedirle ayuda. Si realmente necesitaba esa ayuda, no pasaba nada, pero no iba a esperar más de veinte minutos. De nuevo consultó la hora. Normalmente le producía una punzada de placer contemplar esa pieza *vintage* que había encontrado en un mercadillo de antigüedades de Londres. Con una correa que encontró en otro mercadillo poco después, y una visita al relojero, funcionaba a la perfección.

Un golpeteo le despertó recuerdos de sus días de colegiala.

Imposible.

Se dirigió a la ventana y contempló el patio de la parte trasera del edificio.

Sí era posible. Baloncesto.

Lorenzo Hall, allí estaba, divirtiéndose. De haber estado jugando con alguien más, podría haberlo entendido. Pero estaba solo, mientras ella esperaba pasada la hora de su cita. Una cita que él necesitaba, no ella.

Sophy se irritó hasta cotas inimaginables. ¿Por qué nadie se daba cuenta de que el tiempo también era importante para ella? Salió del despacho y bajó la escalera haciendo mucho ruido con los tacones. Al pasar frente a la recepcionista aminoró la marcha.

—¿Cree que el señor Hall aún tardará mucho? —preguntó con exagerada educación.

—¿No está en su despacho? —la mujer parecía agobiada.

Sophy la miró con frialdad. ¿En serio no lo sabía? ¿No era su recepcionista? La eficiencia parecía haberse ido de vacaciones en esa empresa.

—Es evidente que no —repuso ella tras respirar hondo.

—Estoy segura de haberlo visto hace un rato —la otra mujer frunció el ceño—. Puede buscarlo en la tercera planta, o quizás en la parte de atrás —y sin más, desapareció a toda prisa.

Sophy continuó bajando la escalera y salió por la puerta de detrás del mostrador de recepción. Hacía dos días que había concertado la cita. No entendía cómo habían podido coronarle nuevo rey de las exportaciones vinícolas si ni siquiera era capaz de llegar a su hora a una cita. Encontró la puerta que conducía al patio y, cuadrándose de hombros, la abrió.

Por lo que había visto desde la ventana, tenía bastante idea de lo que se iba a encontrar, pero había subestimado el impacto que le produciría de cerca.

El hombre le daba la espalda, una fornida y ancha espalda, muy morena y desnuda.

El fuego que la atravesó se debía sin duda a la ira que sentía.

En el instante en que el fornido cuerpo se dispuso a lanzar, Sophy lo llamó.

–¿Lorenzo Hall?

Por supuesto, falló la canasta y ella sonrió. Una sonrisa que se le congeló de inmediato en los labios.

Incluso a dos o tres metros de distancia sentía el calor que emanaba de ese cuerpo. Lorenzo se volvió y la miró de arriba abajo antes de devolver su atención a la canasta.

Sophy no estaba acostumbrada a ser evaluada con tanta rapidez. Quizás no compartiera el éxito de su familia en el mundo del derecho, pero su aspecto estaba bastante bien. Sabía que estaba más que atractiva con la falda azul celeste y la blusa blanca. El carmín de labios era suave y ni un solo cabello estaba fuera de su sitio.

El balón botó un par de veces, pero él apenas se movió para recuperarlo. En cuanto lo tuvo de nuevo entre sus fuertes manos, se volvió hacia ella, la miró más detenidamente y, dándole la espalda, apuntó y acertó a la canasta.

De no haber estado tan enfadada, Sophy se habría marchado. Al parecer, el partido de baloncesto en solitario era más importante que su cita con ella. Solo había oído cosas buenas de esa organización benéfica. También había oído rumores sobre el pasado de Lorenzo y su meteórico ascenso. Pero no estaba dispuesta a tratar con condescendencia a ese imbécil egoísta.

–¿Vamos a reunirnos o no? –se negaba a regresar en otro momento.

El balón había regresado a sus manos, pero Lorenzo lo arrojó a un lado y se acercó a ella. Los vaqueros eran de talle bajo y dejaban ver una cinturilla ¿calzoncillos o slip? Ni siquiera debería preguntárselo, pero no podía dejar de mirar.

No había ni un gramo de grasa en ese cuerpo, y los músculos se marcaban a su paso. Con gran esfuerzo, Sophy consiguió deslizar la mirada un poco más arriba, clavándola en los oscuros pezones. De anchos hombros, los fuertes músculos se le marcaban en los brazos. Todo el torso estaba cubierto de sudor, haciendo brillar la bronceada piel.

La joven se descubrió respirando entrecortadamente, al igual que él, aunque lo suyo era debido al ejercicio. La mirada se escapó de nuevo hacia abajo.

Lorenzo dio dos pasos más hacia ella, quien, sobresaltada, lo miró a los ojos.

Sus miradas se fundieron y, cuando estuvo seguro de tener su atención plena, recorrió el femenino cuerpo palmo a palmo con la mirada.

Sophy redobló los esfuerzos para evitar sonrojarse. Se lo merecía. A fin de cuentas él estaba haciendo lo mismo que acababa de hacerle ella, aunque no tan provocativamente. Lo que no sabía era cuánto tiempo lo había estado admirando, pues el cerebro se le había parado sin su permiso mientras sus ojos se deleitaban con la visión.

Sin embargo, la manera de mirarla de ese hombre era un acto puramente sexual.

Sophy sintió que se le encogían los dedos de los pies.

—Tú debes de ser Sophy —él señaló la canasta—. Estaba reflexionando y perdí la noción del tiempo.

—Mi tiempo es muy valioso —la disculpa le pareció insuficiente—. No me gusta perderlo.

Los ojos negros la miraron fijos y los pómulos se oscurecieron ligeramente, aunque no estaba claro si por el ejercicio, el rubor o a la ira. Sophy sospechó lo último.

—Por supuesto —asintió Lorenzo—. No se volverá a repetir.

Sophy ya no fue capaz de evitar sonrojarse. Basculó el peso del cuerpo de un pie a otro y, tras una última ojeada al bronceado torso, se concentró en el suelo de cemento.

—¿Nunca habías visto sudar a un hombre, Sophy?

El fresco aire de la mañana se volvió ardiente y ella intentó infructuosamente contestar algo.

—¿Te apetece jugar? —él se apartó un poco—. Me ayuda a centrarme, puede que a ti también.

¿Insinuaba que necesitaba ayuda para centrarse? Lo cierto era que sí.

–También es bueno para quemar el exceso de energía.

Ese hombre intentaba desestabilizarla, como si no le bastara con su físico. Con un considerable esfuerzo, ella se recompuso.

–Llevo demasiada ropa.

–Eso tiene fácil arreglo –respondió él con calma.

–¿Pretendes que me desnude? –Sophy enarcó una ceja.

Lorenzo soltó una carcajada y en su rostro se dibujó la más encantadora de las sonrisas. En un instante la pose cambió, y el resultado fue sumamente atractivo.

–Sería lo justo ¿no crees? –preguntó él–. Estoy en desventaja.

–Tú mismo te has puesto en desventaja –insistió ella casi sin aliento.

La semidesnudez de ese hombre se le antojaba una ventaja, una fuente de distracción para cualquier contrincante. Sophy desvió la mirada y la fijó en la valla, una parte de la cual estaba cubierta por un colorido grafiti. La imagen de un hombre coloreado de azul parecía a punto de saltar de la pared. Era sorprendente.

–Podríamos discutir los detalles al mismo tiempo –Lorenzo invadió su campo de visión.

Sonreía, pero su mirada reflejaba desafío. De ninguna manera iba a jugar con él. Jamás acertaría a esa canasta y haría el ridículo.

–Quizás lo mejor sería aplazar esta reunión –sugirió Sophy.

La sonrisa de Lorenzo se amplió.

–Quizás lo mejor sería que te ducharas –añadió ella con frialdad.

–Te repugna el sudor ¿no? –él enarcó las cejas–. No, no aceptarías. ¿Verdad?

Ella se negó a picar. Lo cierto era que empezaba a sudar. Cara no había mencionado lo guapo que era su jefe.

Desvió la mirada y con los ojos entornados intentó descifrar la palabra pintada en el grafiti.

–Malditos críos –él siguió la dirección de su mirada.

–Podría ser peor –observó Sophy.

–¿En serio?

–Sí. Ese dibujo es realmente bueno.

Lorenzo carraspeó, pero la tos rápidamente se transformó en algo más serio. De haberse tratado de cualquier otra persona, Sophy se habría interesado por él, pero no estaba dispuesta a intimar lo más mínimo con ese hombre.

–Debe de haberle llevado mucho tiempo –observó–, aunque no está bien pintar en una propiedad ajena.

–Tienes razón.

Ella lo miró con desconfianza. ¿Había un toque burlón en esa voz? A pesar de la seriedad de su expresión, no estaba segura.

–Me han dicho que necesitas urgentemente una administrativa –espetó.

–Sí, para la Fundación del Silbido. Kat, mi recepcionista, está demasiado ocupada desde la marcha de Cara. Necesitaré a alguien durante al menos un mes. Hay que ordenarlo todo y formar a un nuevo empleado. Ni siquiera he publicado la oferta de empleo. ¿Podrías hacerlo tú? –la miró con severidad–. Por supuesto, te pagaré.

–No necesito un sueldo. Me gusta el voluntariado.

–Tendrás un sueldo –insistió él–. Puedes donarlo a la beneficencia si lo deseas.

Al parecer no quería deberle nada. Sophy no necesitaba el dinero. Los beneficios de su fondo de inversiones le bastaban para vivir, pero nunca se había limitado a las compras y las relaciones sociales. No la habían educado así. Tenían dinero, pero eso no quería decir que no tuvieran que hacer algo útil con sus vidas. Su madre, hermano y hermana eran reputados abogados, dedicados a ayudar a los oprimidos. Y su padre era juez, ya retirado. El apellido Braithwaite era sinónimo de excelencia. Ninguno de ellos había fracasado jamás ni dado un paso en falso.

Salvo ella.

De modo que había intentado compensarlo siendo accesible, colaborando en cualquier clase de voluntariado, organizando cualquier actividad. Ellos poseían una mente brillante, ella práctica. Sin embargo, en su intento por no quedarse atrás había cometido un error garrafal: se había infravalorado. Y por eso se había marchado. Lejos de su país había descubierto su pasión y, en cuanto tuviera la ocasión, iba a montar su propio negocio y mostrar sus habilidades.

–El despacho de Cara está en ese edificio –le explicó Lorenzo–. Es todo tuyo. Con la prematura llegada del bebé y las ausencias de Dani y Alex, necesito a alguien a tiempo completo.

–¿A tiempo completo? –Sophy se sintió desfallecer.

–Al menos durante la primera semana, para ponerte al día –él le dedicó una devastadora sonrisa–. Después,

11

debería bastar con las mañanas. También te necesitaré para cualquier evento y velada.

Fundación del Silbido era famosa por sus funciones, fabulosas veladas que atraían a ricos y famosos y les abrían las carteras. Las estrellas también atraían al público en general, deseoso de codearse por una noche con sus ídolos.

–¿No puedes buscar a alguien? –ella hizo un último intento–. ¿Quizás de una agencia de empleo temporal?

–Cara quería asegurarse de que la oficina quedaba en buenas manos. Ella me dijo que eres la única que podría hacerlo. Le prometí darte una oportunidad.

Sophy se soliviantó ante el ligero tono de sarcasmo. ¿Acaso no la creía capaz?

Cara le había suplicado ayuda. Era la mejor amiga de su hermana, Victoria, quien le había asegurado que era la persona perfecta para el puesto.

Era como si no se hubiese marchado. Desde su regreso se había sumergido en la vida de compromisos que había dejado atrás hacía dos años. A nadie se le había ocurrido pensar que quizás tuviera otros intereses. ¿Y por qué iban a pensarlo? No hacía más que asentir y aceptar.

Pero había llegado el momento de negarse, disculparse y explicarle a ese hombre que tenía otras prioridades. Sophy lo miró, haciendo un supremo esfuerzo por no deslizar de nuevo la mirada por el fornido cuerpo. En los ojos negros vio cierta dureza, como si no acabara de creerse lo que Cara le había contado sobre ella. Y de repente tuvo la sensación de que no le había gustado tener que ofrecerle el puesto siquiera.

Por otra parte estaba Cara, pendiente de su diminuta hijita en la incubadora, que ya tenía bastantes preocupaciones para tener que ocuparse de su jefe. Sophy no podía fallarle a la amiga de su hermana.

–Empezaré mañana por la mañana –anunció.

–Estaré aquí para enseñártelo todo.

–A las nueve –ella le dedicó una última mirada.

A punto de salir por la puerta, a sus oídos llegó la sugerente voz:

–Sí señora.

Capítulo Dos

Hacía rato que habían dado las nueve. Sentada en el despacho que parecía arrasado por un ciclón, Sophy consultaba el reloj cada treinta segundos. Normal que reinara el caos en ese lugar. Lorenzo necesitaba ayuda, pero la estaba buscando de un modo inadecuado.

Dedicó cinco minutos a despejar el teclado del correo sin abrir. Cuarenta minutos más tarde ya tenía limpia una parte del escritorio y la papelera estaba a rebosar de sobres vacíos. Decidió que no podía continuar sin consultarle algunas cosas a su jefe y se dirigió a recepción.

–¿Kat? Soy Sophy, ¿sabes dónde está el señor Hall?

–Desde luego, no está conmigo.

–¿Estará en el patio?

No. Ya había mirado por la ventana. Sophy oyó abrirse la puerta principal y se volvió, expectante. Un mensajero entró con un paquete.

–¿Te importa mirar si está en la tercera planta? –sugirió Kat–. Tengo que ocuparme de esto.

–Claro –contestó ella automáticamente.

Subió por la escalera, se detuvo en la segunda planta y echó un vistazo. Había dos despachos, en mucho mejor estado que el de Cara. Daba la impresión de que hubiera gente trabajando allí, pero nadie a la vista. Al fondo del pasillo había una enorme sala, vacía. Parecía que solo hubiera fantasmas allí. Sophy tragó nerviosamente y subió a la tercera planta, donde solo encontró una puerta marcada con una placa: «Privado».

Llamó a la puerta. Sin respuesta.

Sin pensárselo, giró el pomo. La puerta estaba abierta y se encontró en el interior de una enorme y luminosa estancia. El sol entraba a raudales por la claraboya del techo. Pero no se trataba de ninguna oficina. Era un apartamento. El apartamento de Lorenzo.

Y si no se equivocaba, el sofá estaba ocupado.

–¿Qué sucede? –se acercó al hombre tumbado en el sofá de cuero.

Tuvo que hacer un esfuerzo para apartar la mirada del bronceado torso, pero cuando lo logró vio claramente la palidez de su piel y los oscuros círculos bajo los ojos.

–Tengo la garganta mal –intentó explicarle Lorenzo con voz ronca.

Sophy no se lo tragó. Ese hombre tenía un aspecto horrible, aunque seguía exudando masculino atractivo. Tras mirarlo de arriba abajo de nuevo, decidió que debía estar realmente enfermo.

No llevaba puesto más que unos calzoncillos, de los que se ajustaban y marcaban cualquier protuberancia.

No podía seguir babeando ante él, tenía que hacer algo.

–Tienes fiebre –era evidente por el brillo de su piel.

Sophy se dirigió a la cocina y regresó con un vaso de agua. Lo cierto era que ella también necesitaba agua, pero empezaba a preocuparle seriamente el aspecto de Lorenzo.

–Estoy bien –tosió aparatosamente.

–Por supuesto –asintió ella en tono irónico–. Por eso has faltado a nuestra cita –le ofreció el vaso y él lo aceptó con manos temblorosas.

Sus miradas se fundieron y ella percibió en los negros ojos una ira producto de la impotencia.

–Estoy bien –insistió Lorenzo.

Estaba temblando, y tras tomar un pequeño sorbo de agua, dejó el vaso sobre la mesita de café junto al portátil. ¿Acaso pretendía trabajar en su estado?

–¿Cuándo comiste por última vez? –preguntó ella, siempre práctica.

La respuesta fue un respingo.

–Tengo que ponerte el termómetro.

–Tonterías.

Sophy le tocó la frente con la palma de la mano, pero la retiró de inmediato cuando él se apartó bruscamente.

–Estás ardiendo. Necesitas un médico.

–Tonterías.

–No es negociable –ella sacó el móvil de un bolsillo–. Haré que venga alguien.

–Ni te atrevas –la voz de Lorenzo se quebró a media frase–. Sophy, déjalo. Estoy bien. Tengo mucho trabajo.

Ella hizo caso omiso y llamó a su clínica de confianza.

–Un médico vendrá en diez minutos –anunció tras colgar la llamada.

–Pues lo siento, pero no pienso recibirlo. Tengo que…

–Tu red social tendrá que esperar –Sophy cerró el portátil y lo dejó en la cocina.

–Tráeme eso, estaba trabajando.

–Ojalá tuviera uno de esos viejos termómetros de mercurio –ella lo miró detenidamente–. Sabría por dónde metértelo…

–No lo hagas –Lorenzo la agarró de la muñeca–. Tienes razón, no me encuentro bien. Y si no dejas de provocarme, voy a saltar.

«¿En serio? ¿Y qué me harías?».

Ella se sumergió en los oscuros ojos y vio cansancio, frustración y, más al fondo, infelicidad. Y eso le conmovió.

–De acuerdo. Pero tienes que dejar de pelear conmigo. Estás enfermo y necesitas cuidados, y un médico.

Lorenzo se removió inquieto.

–Escucha, vas a tener que ceder en eso, lo quieras o no. ¿Por qué no te relajas?

–De acuerdo –él respiró hondo y cerró los ojos, rindiéndose–. Pero tú ya has cumplido, puedes marcharte. Kat acompañará al médico hasta aquí –otro temblor lo sacudió.

Sophy no creía que pudiera marcharse. No podía dejar a nadie en ese estado, sobre todo a un hombre como ese, tan vulnerable y tan incapaz de reconocerlo. Estaba solo.

–Al menos devuélveme el portátil –insistió él.

–¿Para qué, Lorenzo? –contestó ella con calma–. Mirar la pantalla no te hará mejorar. Duérmete. Cuando estés mejor, el tiempo te cundirá mucho más.

Lorenzo dejó caer la cabeza sobre un cojín. Sophy había vuelto a ganar.

El médico no se quedó más de diez minutos mientras ella esperaba en la escalera. Tras intercambiar unas palabras con el hombre, regresó junto al paciente gruñón.

–Te traeré una manta –ella se dirigió al dormitorio.

–Hay una al borde del sofá.

Sophy se detuvo. Era verdad. Obsesionada con el cuerpo casi desnudo de él, no se había fijado.

–Será mejor que te tapes –intentó no volver a fijarse en su cuerpo–, para no enfriarte.

A pesar de su estado, él le dedicó una mirada cargada de ironía y se cubrió de cintura para abajo.

–¿Contenta, mi pequeña enfermera?

Dado que el torso seguía desnudo, no, no estaba contenta. El médico le había dado un analgésico, y la cosa parecía estar funcionando rápidamente.

–Al parecer tienes amigdalitis.

–Menuda ridiculez ¿no crees? –contestó Lorenzo.

–¿Nunca la sufriste de pequeño? –ella sabía bien lo mucho que podía doler.

–Alguna vez –asintió él–, aunque hacía años que no.

–¿No te extirparon las amígdalas? –aunque ya no era una práctica generalizada, en algunos casos se seguían extirpando.

–Estuve un tiempo en lista de espera, pero cuando me fui al internado, los episodios se detuvieron.

–Debió ser un buen colegio –Sophy le sirvió la bebida que le había dejado el médico.

–Mejor que todos los demás.

Sophy sabía que Lorenzo había estudiado con Alex Carlisle, su socio en la fundación, en el mismo colegio en el que había estudiado su hermano mayor. Un centro privado, exclusivo, muy académico y con buenos resultados deportivos. Era difícil destacar allí, pero

Lorenzo lo había logrado. Su hermana, Victoria, había estudiado en el equivalente femenino, pero al llegar su turno, sus padres habían anunciado que no deseaban enviarla lejos a estudiar y la habían matriculado en un centro local. Sin embargo, ella sabía bien que el motivo era que sus notas no eran como las de sus hermanos. Estaba por encima de la media, pero no era tan brillante como ellos.

–Los antibióticos te pondrán bien enseguida. Después podrías tomarte unos días libres.

Lorenzo enarcó las cejas.

–Cara dice que has estado trabajando demasiado –le aclaró Sophy sin inmutarse–. Quizás te hayas excedido –incapaz de resistirse, parpadeó coqueta.

–Cariño, no estoy agotado.

Desde luego parecía estar mucho mejor. Ella siguió flirteando.

–Esos músculos, desde luego tienen buen aspecto, Lorenzo –susurró las palabras que le dictaba algún diablillo–, pero no podrías siquiera ponerte en pie.

–¿Quieres comprobarlo? –enfermo o no, a ese hombre no se le escapaba una.

–No estoy de humor para más decepciones –Sophy se alejó. Aquello no se le daba tan bien como a Rosanna, su mejor amiga.

–¿Te decepcionó que no acudiera a la cita?

–Deberías permanecer tumbado –ella se volvió y percibió la mirada divertida, satisfecha, de Lorenzo–. Bébete eso.

–Sophy, no necesito una madre.

–No –asintió ella secamente–. Necesitas una enfermera. He pedido que manden una.

–¿Qué has hecho? –exclamó incrédulo.

–Enseguida llegará. Kat y yo tenemos trabajo y tú no puedes quedarte solo.

–Dile a tu enfermera que se marche –¿solo? ¿Y cómo creía que había estado toda su vida?

–Demasiado tarde –ella se acercó a la mesita y tomó el vaso vacío–. Ya está en camino.

–Tendrá móvil –esa mujer se creía muy competente–. Llámala –¿no le bastaba con el médico? Otro temblor lo sacudió. Maldita fiebre.

–Déjalo ya, Lorenzo –lo interrumpió ella secamente–. Ya viene de camino y va a quedarse.

Lorenzo encajó la mandíbula y la fulminó con la mirada. No se había sentido tan frustrado y tan inútil desde que era un niño, enviado constantemente de un lugar a otro.

Cerró los ojos. Cierto que había trabajado mucho y no sabía si alguna vez saciaría su hambre de éxito. Vivía con la permanente sensación de que algún día despertaría y no tendría nada. Y por eso trabajaba sin parar, para consolidar la base. Jamás se sentiría suficientemente seguro.

Invertir en el bar de Vance quizás había sido excesivo. Había enviado a todos sus empleados y recursos a ese lugar para que todo estuviera preparado para la gran inauguración, que iba a perderse si seguía enfermo. En consecuencia, había descuidado su propio negocio, sobre todo la fundación. No llevaría mucho volver a organizarlo todo, pero le faltaba tiempo para ello. Llevaba semanas trabajando sin descanso. El despacho de Cara estaba hecho un desastre y, por algún extraño motivo, no le gustaba que Sophy lo viera así.

¿Cómo podía resultarle atractiva siquiera? Era tan lista, inmaculada y correcta que le resultaba nauseabunda. Seguramente no había cometido un error en su vida, y, de haberlo hecho, jamás lo admitiría.

Prácticamente perfecta.

Perfecta como una muñeca de porcelana. Tenía una sedosa piel y una rubia melena que se rizaba en las puntas. ¿Cuánto tiempo le llevaría peinarse para que le quedara así? La nariz era pequeña y los labios con forma de corazón suplicaban ser besados. Los ojos azules, enormes, parecían hacerse más grandes cuando lo miraba con una mezcla de interés y reserva. Parecía desear, pero también desconfiar. De repente flirteaba y enseguida se retraía. Lorenzo percibió de nuevo la mirada azul sobre su cuerpo y maldijo la debilidad de sus huesos. Porque esa mirada le despertaba deseos de desnudarla y descubrir si había algún fuego ardiendo en su interior.

Sin embargo se sentía desvalido.

Había una parte de su cuerpo, la única, que seguía negando la enfermedad. Encogió las piernas bajo la manta para ocultar la evidencia y se reprendió mentalmente. Sin duda era la fiebre la responsable de tan inapropiados pensamientos.

Dirigió su mirada a la joven que volvía a hablar por teléfono. Algún pobre diablo estaba sufriendo su eficiencia. Pero él solo podía pensar en arrancarle ese móvil y fundir sus labios con los suyos.

Irresistible, imposible. Por un lado, su garganta albergaba millones de gérmenes y por otro, ella no era su tipo. En absoluto. No cuando estaba en plena forma.

Sin embargo había sentido una casi enfermiza

necesidad de tocarla desde el instante en que la había conocido. El deseo de hacerle perder la compostura casi le hizo gritar.

Debía estar realmente enfermo.

–Muy bien, todo organizado.

–¿Te vas? –¿de dónde había salido ese tono de desilusión?

–Supongo que no pensarías que iba a quedarme –ella hizo una pausa–. Tengo cosas que hacer. Tú mismo dijiste que no necesitabas una madre, ni ninguna clase de simpatía.

–De modo que me abandonas a merced de una extraña –pensándolo mejor, hubiera preferido que se quedara ella y no una enfermera desconocida, a pesar de que le resultaba demasiado eficiente.

Lorenzo se preguntó si alguna vez se relajaba, y decidió ser él quien consiguiera que lo hiciera. Lo haría muy lentamente, inclinándola hacia atrás para lamerle todo el cuerpo hasta que… cerró los ojos para esconder el fuego, pero solo consiguió que la fantasía empeorara.

Pensándolo mejor, cuanto antes se marchara Sophy, mejor.

–Está muy cualificada y trae excelentes referencias –le explicó ella, ignorante de los pensamientos del enfermo–. Conseguirá que te pongas bien.

–No necesito una maldita enfermera –¿qué iba a hacer durante todo el día? Ya se había tomado las pastillas y solo necesitaba dormir. Lo último que quería era una mujer cotilleando por su casa. Nunca permitía que las mujeres husmearan. Le gustaba su intimidad, la paz en el aislamiento.

–Tienes mucha fiebre. Hasta que disminuya y te hayan hecho efecto los antibióticos, no debes quedarte solo. Estamos hablando de veinticuatro horas, o menos, Lorenzo. Haz un esfuerzo.

Él abrió la boca, pero la volvió a cerrar. Hacía años que no recibía órdenes.

Ya había tenido suficiente. No iba a aguantarlo más y, con un gran esfuerzo, posó los pies en el suelo y se levantó.

–Lorenzo… –a Sophy se le aceleró el corazón.

Los ojos negros permanecían cerrados y el fornido cuerpo estaba recubierto de sudor. De nuevo se estremeció y ella le rodeó con un brazo. Sophy sintió cada músculo marcarse contra su cuerpo y se mordió el labio. Cuanto antes llegara esa enfermera, mejor.

–Estoy bien –rugió él furioso contra ella y contra sí mismo.

–Y yo soy la reina de la Atlántida.

–Esto es ridículo. No estoy a las puertas de la muerte, solo tengo la garganta inflamada –sin embargo, Lorenzo se volvió a acurrucar en el sofá, temblando bajo la manta, la mandíbula encajada para evitar el castañeteo de los dientes, o porque estaba furioso. Seguramente ambas cosas.

Decidida a quedarse hasta que llegara la enfermera, Sophy se sentó en una silla frente al sofá y echó furtivas ojeadas a su alrededor. El apartamento era precioso, enorme y luminoso. La cocina era muy moderna, con todos los artilugios con los que podría soñar un gourmet. Una pared estaba cubierta por una estantería repleta de libros, discos y películas. A pesar de comportarse como una cotilla, se inclinó para leer los títulos.

La enfermera debería estar a punto de llegar. Lorenzo estaba muy callado. ¿Dormido? Lentamente, ella se sentó en el sofá y se inclinó sobre él.

Los cabellos negros eran un poco demasiado largos y estaban revueltos. Eran preciosos, y pedían a gritos que alguien hundiera en ellos los dedos. De hermosas facciones, tenía unas pestañas obscenamente largas y los pómulos marcados. En el centro de la esculpida mandíbula destacaban los labios más sensuales que ella hubiera visto jamás, carnosos y ligeramente curvados. Había dejado de temblar. ¿Le habría bajado la fiebre? De nuevo le posó una mano en la frente.

La mano de Lorenzo se movió con rapidez para agarrarle la muñeca con fuerza. Los ojos negros se abrieron. Desprendían un fuego que no podía deberse únicamente a la fiebre.

–Te dije que no lo hicieras.

Agachada sobre él, incapaz de moverse, Sophy apretó la mano con más fuerza sobre la frente. Y, sin saber de dónde había surgido tanta osadía, le acarició dulcemente y hundió los dedos en la mata de pelo.

Jamás había sentido nada parecido simplemente al tocar a alguien. Una descarga eléctrica surgió de su interior, excitante y al mismo tiempo relajante. Acariciarlo parecía lo correcto, más que correcto. Una corriente sexual la invadió y Sophy quiso tocar más, bascular las caderas, ahogar el dolor que había despertado en su interior.

Los ojos de Lorenzo, cargados de algo muy profundo, ira, deseo… no abandonaron los suyos.

24

El timbre sonó y ella dio un brinco mientras él la agarraba con más fuerza.

–Debe de ser la enfermera –murmuró Sophy.

A pesar de la fiebre, ese hombre poseía una fuerza descomunal.

–Suéltame –le exigió ella.

Al fin liberada, el corazón de Sophy galopaba a tal velocidad que se sintió marear. Quizás él no tuviera amigdalitis sino gripe y ella acababa de contagiarse, pues se sentía arder bajo su mirada.

Camino de la puerta, vio su reflejo en el espejo. Desde luego las mejillas estaban más sonrojadas de lo normal. Y los ojos parecían fuera de sus órbitas.

La enfermera tenía al menos cincuenta años y era la viva imagen de una abuelita con gafas, rebeca y agujas de tejer asomando por el bolso. También hablaba como una abuela, cariñosa aunque firme.

Sophy disimuló una sonrisa mientras la mujer empezaba a afanarse en torno a Lorenzo.

–Llamaré más tarde –le informó a la enfermera.

–¿No vas a hablar conmigo? –un gruñido surgió del sofá.

–Estarás durmiendo –contestó Sophy con dulzura.

Un nuevo temblor le sacudió el cuerpo a Lorenzo y la enfermera se puso en marcha.

–Hay que meterse en la cama ¿no crees? Cambiaré las sábanas. No te preocupes, ya las encontraré, tú relájate. Con medicina y algo calentito para beber, enseguida estarás bien.

Sophy contempló los movimientos de la mujer, que

lo encontraba todo gracias a una especie de sexto sentido. Lorenzo la miraba con tal odio que tuvo que taparse la boca para contener una carcajada. Volviéndose hacia ella, el paciente la fulminó con la mirada.

–Sophy.

Ella se detuvo camino de la puerta.

–Ven aquí.

Aunque enfermo, la orden había sido clara, y Sophy sintió el irrefrenable impulso de obedecer. Qué patético.

–Ven aquí –insistió él con irresistible magnetismo.

Ella se acercó al sofá. Aunque era él el enfermo y ella la que debería marcharse, de algún modo el poder parecía haber cambiado de manos. En los escasos minutos que había estado sentada en el sofá, acariciándolo, algo había cambiado.

Se paró a escasos centímetros y le clavó la mirada en los ojos negros.

–Quería darte las gracias.

–No hace falta –Sophy sintió que el rubor le teñía las mejillas. Arreglar los asuntos de los demás era su especialidad. Lo que tenía enfrente en esos momentos no era nada comparado con una familia de genios incapaces de organizar la cena diaria.

Lorenzo desvió la mirada a sus labios y ella tragó nerviosa, decidida a no delatarse, por ejemplo humedeciéndose los resecos labios.

–Te estoy besando. ¿Lo notas?

Sophy parpadeó perpleja. ¿Acababa de soñar eso? ¿De verdad lo había dicho?

Lo cierto era que lo sentía, y se moría por recibir más. Tenía que ser un delirio. Sin darse cuenta se humedeció los labios, que vibraban de deseo. Necesitaban ser besados. Por él.

De repente, una sonrisa le asomó a los labios a Lorenzo, la misma sonrisa que la había desarmado el día anterior.

–Que te mejores –Sophy huyó con el sonido de la masculina risa en sus oídos.

Cada vez que recordaba la expresión en el rostro de Lorenzo, Sophy se ruborizaba. Tres días más tarde, entró nerviosa en el despacho de la segunda planta. Él estaba de regreso, se lo había dicho Kat, y la esperaba en su despacho. Quería verla de inmediato.

Tenía la sensación de que el encuentro iba a resultar interesante. A Lorenzo no le había gustado mostrarse tan vulnerable y, desde luego, no le había gustado cómo ella había manejado la situación. Si algo había aprendido de ese hombre era que le gustaba ser el jefe. Ella le había usurpado el puesto y sospechaba que se lo iba a hacer pagar. Pero ¿cómo? ¿Con autoridad? ¿Con sensualidad? No debería estar deseando lo segundo. Lorenzo Hall llevaba grabada en la frente la etiqueta de playboy alérgico al compromiso. Respiró hondo y llamó a la puerta.

–Un momento.

Sophy esperó con los nervios a flor de piel. ¿Por qué le hacía esperar? Porque lo sabía. Era muy consciente del efecto que producía en las mujeres. En ella. Lo había utilizado en el apartamento. Una mirada, unas palabras y ella prácticamente se había derretido a sus pies.

–Ya puedes pasar.

Ella abrió la puerta y se quedó paralizada, boquiabierta.

Lo vio de pie junto a la ventana, vuelto hacia ella, llevaba puestos unos vaqueros, pero sin camiseta. La luz del exterior lo envolvía en un aura dorada. Ese hombre era deslumbrantemente hermoso.

Sophy se sentía como si estuviera pegada a un cohete en pleno lanzamiento, el calor arrancándole las entrañas.

El bronceado torso no brillaba de sudor y ella deseó verlo de nuevo mojado. Deseaba deslizar los dedos por la suave piel, atormentarlo con sus caricias.

Cerró los ojos con fuerza. ¿Desde cuándo tenía fantasías con un extraño? ¿Desde cuándo sentía esa irrefrenable, incontrolable, lujuria? La culpa de todo la tenía esa hermosa piel bronceada.

–La primera vez fue un error –consiguió murmurar ella–, la segunda no pudiste evitarlo –abrió los ojos y lo miró fijamente mientras él se acercaba, invadiendo su espacio personal–. Esta vez…

–Ha sido totalmente intencionado.

Capítulo Tres

–¿Intencionado? –Sophy solo oía el golpeteo de su corazón.

Lorenzo sonrió divertido y ella se preguntó si realmente había pronunciado la palabra o si había sido más bien un gemido animal.

–Me ha parecido que te gustaba –insistió él con un brillo burlón en la mirada.

¿Gustarle? Ni siquiera se acercaba a lo que había sentido.

–Desde luego estás mucho mejor ¿verdad? –Sophy lo miró, perpleja ante la calma de ese hombre. Estaba muy seguro del efecto que le producía.

–Al cien por cien.

–Estupendo –ella dio un paso atrás–. Entonces, quizás te gustará echarle un vistazo a mi trabajo.

–Ya lo he visto. Tiene buen aspecto. Tu sistema de organización resulta muy comprensible.

–¡Oh! –Sophy se quedó sin palabras ante los halagos.

–Pero necesitamos hablar de la próxima función –él la acompañó fuera del despacho–. Y quiero mostrarte algunas cosas para actualizar la página web. Creo que Kat te ha estado echando una mano.

–Sí, es estupenda –ella intentaba concentrarse en la conversación, pero su cerebro no paraba de deslizarse hasta los marcados abdominales. Increíble, tanto ese cuerpo como su reacción ante él.

–El resto del equipo regresará hoy. Han estado trabajando en otro proyecto.

–El bar –Kat le había hablado de ello. Lorenzo respaldaba a un tipo en la apertura de un nuevo bar en el corazón de la ciudad.

–Sí –la voz de Lorenzo era seria, pero el brillo en su mirada no tanto–. ¿Vamos a tu despacho?

–¿Crees que sería posible que te pusieras una camiseta? –Sophy se detuvo en seco.

–¿Te preocupa realmente?

–No es apropiado –ella sentía aumentar la temperatura. No era ninguna mojigata, pero aún no eran las nueve de la mañana y estaban en el trabajo. Pues claro que le preocupaba.

–No más inapropiado que irrumpir en mi apartamento y contratar a una enfermera.

–Eso sí que te molestó ¿verdad? –Sophy sonrió con la sensación del poder recuperado–, el que yo te viera en un estado tan debilitado. ¿Tu orgullo masculino resultó herido? ¿Por eso me estás mostrando todos tus músculos? ¿Para que vea lo fuerte que eres?

–¿Te parecí débil? –Lorenzo se volvió hacia ella.

Sophy reculó instintivamente contra la pared, pero él la siguió. Desafiante, ella alzó la barbilla intentando ocultar la anticipación que sentía.

–No creo que tenga que demostrar nada –de los ojos negros saltaban chispas–, eso te corresponde más bien a ti.

–¿Y exactamente qué crees que necesito demostrar? ¿Que no me afectas? –su problema era el mal de altura que sufría en la segunda planta. Debía ser el único caso en el mundo, pero hubiera jurado que el aire allí era más distinto, porque apenas conseguía producir más que un susurro.

—¿Y no lo hago? –Lorenzo enarcó las cejas.

—Pues claro que sí.

El gesto de Lorenzo fue de perplejidad, como si no se esperara esa sinceridad.

—Vas medio desnudo todo el tiempo –explicó lo obvio–. Pero no es tu cuerpo el que me molesta sino lo inapropiado de la situación –había conseguido sonar como una mojigata, y nada sincera.

La sonrisa de Lorenzo dejó al descubierto unos dientes perfectos. Estaba jugando al gato y al ratón con ella. Necesitaba hablar desesperadamente con Rosanna, necesitaba el consejo de una experta. Porque no estaba dispuesta a permitir que Lorenzo Hall ganara, no estaba dispuesta a convertirse en la última de una larga colección de conquistas. Pero tampoco iba a negarse un momento de puro placer si se presentaba la ocasión. Sí, le molestaba. Sí, lo deseaba.

Pero iba a hacerlo como lo haría Rosanna, con sus propias reglas. Por una vez en su vida iba a darle la espalda a la responsabilidad y tomar lo que deseaba. Solo le quedaba averiguar cómo hacerlo.

Lorenzo era consciente de lo malo que era. Correr riesgos siempre le había proporcionado placer. Hacer lo que la sociedad desaconsejaba hacer, forzar los límites hasta casi romperlos.

Había madurado. Sus transgresiones no tenían nada

que ver con lo que habían sido años atrás. Se mantenía del lado de la ley. Pero esa perfecta damisela lo empujaba a arriesgarse, le provocaba un irrefrenable deseo de violentarla.

La expresión en su mirada había hecho que mereciera la pena quitarse la camisa, aunque implicara un esfuerzo por controlar sus hormonas. La piel le ardía desde que ella le había tocado en su apartamento. La pequeña mano no lo había reconfortado, al revés, había agitado el deseo que se esforzaba por controlar. En las primeras veinticuatro horas de su enfermedad, las peores, solo había soñado con ella. Y seguía soñando con esa mano y dónde le gustaría que la posara.

Trabajaba demasiado y no dejaba espacio para la diversión. Pero eso iba a cambiar. En cuanto el bar hubiera abierto, podría tomarse un respiro. Por otra parte, no había motivo para no divertirse un poco en ese mismo instante.

Sophy lo miraba con los ojos entornados y él casi oía los engranajes de su cerebro funcionar. La aprendiza de arpía parecía estar maquinando algo.

Un teléfono sonó, el de ella. Sophy hundió la mano en el bolso y, aunque defraudado, Lorenzo no se movió. Le producía demasiado placer verla encogerse un poco más contra la pared. Pero el placer se esfumó cuando oyó la voz masculina.

—Sí, tranquilo, Ted, lo recogeré camino a casa y te lo dejaré antes de las seis.

¿Quién demonios era Ted? Lorenzo aguardó a que colgara la llamada y dejó que la fuerza del silencio obrara su magia.

—Lo siento, era mi hermano —le explicó Sophy.

—Cuando estés conmigo —él le arrancó el móvil de las manos y lo apagó—, toda tu atención es para mí.

Ella lo miró con ojos desorbitados y tragó nerviosamente.

—En el trabajo, por supuesto —añadió, aunque demasiado tarde.

Le devolvió el teléfono y sonrió para sus adentros ante el brusco movimiento de la joven. Le gustaba turbarla.

—Iré a buscar mi camisa —se apartó ligeramente—, y nos ponemos con el asunto de la fundación ¿de acuerdo?

Sophy vació la cubitera de hielo entera en el vaso, sin importarle que varios cubitos cayeran al suelo. La camisa no había solucionado nada y había sufrido más de una hora de tortura sentada ante el escritorio con Lorenzo pegado a ella. Cierto que había tenido toda la tarde para recuperarse, pero no había bastado. Se bebió el vaso de agua de un trago y se dejó caer en una banqueta.

—¿Dónde has estado? Me hubiese gustado que fuésemos a hacernos la pedicura y…

—¡Has vuelto! —Sophy corrió a abrazar a su mejor amiga.

—De acuerdo, ya veo que me has echado de menos —Rosanna le devolvió el abrazo antes de apartarse—. Las camisas, cielo, no podemos arrugarlas.

Sophy rio. En la frase de la vida, ella era el verbo, la acción, no muy emocionante, pero necesario, mientras que Rosanna era el signo de exclamación. La extraña belleza capaz de llenar todo un párrafo, toda una estancia. Incluso tenía aspecto de signo de exclamación. Siempre vestida de negro, era una sucesión de largas piernas que acababan en una brillante cola de caballo. Hermosa y llena de vitalidad.

–¿Dónde has estado? Hace horas que aterricé y he estado sola. El taxi para llevarme al aeropuerto llegará en diez minutos. ¿Qué le pasa a tu móvil?

Sophy volvió a la cocina para llenar de nuevo el vaso con agua. ¿Cómo iba a explicarlo?

–Estoy trabajando de administrativa.

–¿Tienes un trabajo? –Rosanna frunció el ceño.

–Solo serán unas semanas. El bebé de su administrativa llegó antes de tiempo.

–¿El bebé está bien?

–Sí.

–¿Y por qué no han contratado a alguien temporalmente? –Rosanna puso los ojos en blanco–. ¿Quién te lo pidió?

–Cara, la madre, es una buena amiga de Victoria.

–Por supuesto que lo es. Y por supuesto que no pudiste negarte –su amiga suspiró con dramatismo–. ¿Y dónde es ese trabajo?

–¿Has oído hablar de la Fundación Silbido?

–¿Alex Carlisle y Lorenzo Hall? –Rosanna dejó escapar un silbido–. ¿Quién no ha oído hablar de ellos? Alex acaba de casarse y a Lorenzo es imposible olvidarlo. Jamás.

Cierto. La imagen de ese hombre permanecía grabada a fuego en la mente de Sophy.

–Al parecer hace honor a su aspecto –murmuró su amiga.

–¿Te liaste con él? –Sophy sintió una punzada de envidia.

–No, aunque desde luego no por mi culpa –Rosanna se sirvió una copa de vino–. La única vez que nuestros caminos se cruzaron, ni siquiera me miró.

–Eso no puede ser cierto –ella sonrió aliviada–. Todos los hombres se fijan en ti.

–Cariño –la otra mujer se dejó caer en una silla–, tengo entendido que es imposible de cazar. De vez en cuando se queda enganchado en una red, pero siempre se las apaña para soltarse.

–Creo que es un tiburón.

–¿Lo sabes de buena tinta? –Rosanna rio y casi se atragantó con el vino.

–Desde luego –contestó Sophy–. Creo que está demasiado acostumbrado a capturar cualquier pez que se le antoje.

–Por lo menos te invitará a un buen vino –su amiga se bebió la copa de un trago.

–No creo que lleguemos a eso –Sophy sacudió la cabeza.

–Te gusta.

–No es verdad –mintió ella antes de soltar una carcajada.

–Sí lo es –Rosanna también rio–, como a todas. Aunque –arrugó la nariz–, no es tu tipo.

–¿En serio? –Sophy se sintió irracionalmente molesta.

–Es un tiburón –insistió su amiga–. Tú necesitas un delfín.

–Genial. Un tipo con una gran nariz.

–Y con instinto para rescatar, no para cazar –Rosanna se irguió–. Necesitas un buen tipo, Soph, no alguien peligroso al que no puedas manejar.

–¿No crees que pueda manejarlo?

–No lo creo, lo sé.

–De manera que no tienes ningún consejo para mí.

–Soy la última persona de la que deberías aceptar un consejo –Rosanna la miró fijamente.

Quién lo diría viniendo de alguien que tenía a los hombres comiendo de la palma de su mano.

–¿Ibas vestida así cuando lo viste? –la expresión de su amiga se enturbió.

–¿Qué pasa con mi ropa? –Sophy no creía haber dado ningún paso en falso.

–Nada, salvo que ese tipo tenga una fantasía con Grace Kelly. Se merendará a una gatita como tú –Rosanna frunció el ceño–. Da igual. Estoy de mal humor. Me he pasado todo el día aquí sola y ya no tenemos tiempo para una pedicura.

–Pobrecita –¿gatita? ¿Creía que era una gatita?–. Ya era hora de que pararas y no hicieras nada durante un rato.

–Dijo la sartén al cazo. Al menos yo estoy impulsando mi carrera. Tú te dedicas a hacer favores a los demás.

–Vas a perder el avión. Que tengas un buen viaje.

Rosanna era compradora para una importante cadena de ropa. Inteligente, elegante y muy buena en un trabajo que le hacía pasar más noches fuera de casa que en ella.

–Me encanta Wellington.

–Los chicos te echarán de menos.

–Les vendrá bien.

–¿Vas a decidirte alguna vez? –Sophy sonrió.

–No lo creo –contestó la otra mujer tras reflexionar un rato.

Rosanna llevaba un mes saliendo con dos hombres a la vez. Típica viuda negra, le gustaba disponer de la mayor cantidad de presas en su tela de araña. Y en cuanto atrapaba a uno, jamás lo soltaba. Tenía cadáveres repartidos por todo el planeta. Emmet y Jay eran sus últimas víctimas, pero no parecía importarles. En realidad, babeaban por ella.

Sophy sabía que su amiga tenía un corazón de oro, aunque no quisiera reconocerlo ni permitiera que nadie se acercara a él. Se pasaba la vida coqueteando, siempre en el plano superficial, pero Sophy conocía el motivo: ya le habían roto el corazón y no iba a permitir que ningún hombre lo hiciera de nuevo. Se limitaba a divertirse y a mantener las distancias.

A Sophy también le habían roto el corazón, y lo cierto era que le apetecía divertirse un poco, y sabía muy bien con quien. Acompañó a Rosanna a la puerta, esperó la llegada del taxi e intentó absorber una parte de la alegría de vivir de su amiga.

Rosanna hacía todas esas cosas para las que Sophy era demasiado responsable. Disfrutaba de alocados revolcones, viajaba a la otra punta del mundo, era impulsiva y se arriesgaba. Le gustaba el peligro, la clase de peligro que representaba Lorenzo Hall.

Pero Sophy no podía permitirse el lujo de pensar solo en ella. Amaba a sus padres y jamás haría algo que les avergonzara. Era la hija de un juez y un escándalo sería de lo más jugoso. Por eso no se había emborrachado de adolescente, no se había quedado embarazada ni tomado drogas jamás. Había intentado ser la hija perfecta, incluso había buscado al novio perfecto. Si no era lo bastante buena para honrar el apellido familiar, se casaría con alguien que sí lo fuera. Pero su ex solo se había aprovechado de ella por sus conexiones familiares. Y se lo tenía merecido.

Era aburrida y vergonzosamente ingenua. Y siempre jugaba sobre seguro. O no jugaba. Jamás se arriesgaba.

Ya ni siquiera hablaba de su familia con los demás. La intimidad y la discreción eran fundamentales. La gente se asustaba a la par que se sentía intrigada, como si fuera a correr a su padre con cualquier detalle escabroso que averiguara de sus amigos. Era como si todos esperaran que fuera un pilar de moralidad.

Y lo cierto era que así era.

—¿Ese trabajo es a jornada completa? —preguntó Rosanna.

—Solo al principio.

—¿Sabes cuál es tu problema, Soph?

—Adelante, ilústrame.

—Eres demasiado buena. ¿Por qué no te niegas nunca a hacerles un favor? ¿Por qué nunca me niegas un favor a mí?

—¿Y cómo podría hacerlo? —protestó Sophy—. Me dejaste instalarme en tu casa.

No había querido vivir con sus padres, pero tampoco sola, al menos no todo el tiempo.

—Casi nunca estoy —Rosanna se encogió de hombros—. Fue un acto egoísta. Me cuidas la casa.

—Sí —ella rio, en absoluto ofendida.

—¿Cuándo vas a terminar esas piezas?

–No sé si podré –Sophy se mordió el labio. Sabía que su amiga sacaría el tema.

–Lo estás haciendo, Sophy. Es una gran oportunidad.

–Acabas de decirme que debo aprender a negarme.

–Solo cuando se trate de algo que no te apetezca realmente. Esto sí lo quieres. Merece la pena intentarlo. Por una vez, sitúa tu ambición por delante.

–Lo haré –gruñó ella. Rosanna tenía razón–. ¿Cuándo vuelves?

–A finales de semana. Una visita relámpago y luego me marcho otra vez.

–¿Nunca te cansas?

–No.

Quizás si pasaran más tiempo juntas acabarían por volverse locas. El taxi al fin llegó y Rosanna salió a su encuentro.

–No accedas a nada más mientras yo esté fuera –se despidió mientras entraba en el coche–. Lo digo en serio. ¡Sobre todo no a Lorenzo Hall!

–Las gatitas tienen garras.

–No las suficientes para dejar marca en un hombre como él.

Soltando una carcajada, Sophy cerró la puerta del taxi. Su amiga tenía razón, Lorenzo estaba fuera de su alcance. De todos modos, seguramente tampoco estaría interesado en ella. Solo se divertía poniéndola nerviosa.

Además, Rosanna tenía razón en otra cosa. Sophy necesitaba terminar las piezas para la exposición. Era una oportunidad fantástica que no debía dejar pasar. Inspirada, regresó a su habitación y se puso manos a la obra. Trabajó hasta bien entrada la noche y decidió que aprovecharía la hora de la comida para seguir con ello. No tenía tiempo que perder si quería preparar suficiente cantidad.

Al día siguiente llegó temprano al trabajo y abrió la ventana para dejar entrar la fresca brisa primaveral. Al mirar afuera, vio a Lorenzo en el patio, brocha en mano, cubriendo el grafiti con pintura negra. A Sophy le pareció una lástima y siguió mirando, incapaz de resistirse. Su jefe llevaba unos vaqueros de talle bajo y una camiseta que se le pegaba a los anchos hombros. Iba descalzo y sujetaba el móvil entre el hombro y la barbilla. Su voz y su risa atravesaron todo el patio hasta la ventana.

Sophy se limitó a encender el ordenador, dispuesta a centrarse en el trabajo y no en las palabras que le llegaban desde el patio.

–¿Y qué tal el castillo?

Alex había llevado a Dani a una tardía luna de miel y se alojaban en un castillo.

–Increíble. Lo esperado teniendo en cuenta el precio. ¿Cómo está Cara?

–Agotada, pero aguantando. Creo –Lorenzo continuó pintando–. Le encantaron las flores. Dice que el bebé es diminuto, pero que está bien.

–¿Aún no has ido a verla?

–No.

–Renz…

–Ya sabes que no me gustan esas cosas, Alex –las familias felices no eran lo suyo.

40

Por supuesto, estaba preocupado por Cara, y le había hecho llegar un montón de regalos y se había ofrecido a hacer cualquier cosa que necesitara. Y por supuesto no había nada que pudiera hacer. Cara y su marido tenían una gran familia que se ocupaba de todo.

—¿Qué tal la fundación? ¿Encontraste a alguien para ayudar? —Alex pasó a otro tema.

—Sí —Lorenzo suspiró—. Lo hizo Cara. Es la hermana de una amiga, o algo así. Una de esas chicas de la alta sociedad a las que les gusta implicarse. Es malditamente eficaz. Organizada. Solícita. Parece una boy scout frígida.

—Cuántos adjetivos, Renz —su amigo rio— ¿te perturba?

—No —si su amigo supiera…

—¿Es una muñequita? —por la risa de Alex era evidente que sabía que mentía.

En efecto, lo era. Y en más de un sentido. Unos enormes ojos azules y cabellos rubios que suplicaban que alguien los revolviera. Explosiva, aunque con un aire de inocencia que no estaba seguro si debería mancillar.

—Hace su trabajo. Es lo único que importa.

El trabajo quedaría brillantemente resuelto y él encontraría una sustituta permanente. Tenía demasiado trabajo para obsesionarse con ella todo el tiempo.

Colgó la llamada y terminó de pintar la valla. Dándose media vuelta, dirigió la mirada a la primera planta. La ventana del despacho de Sophy estaba abierta, pero no se veía a nadie sentada ante la mesa. Debía de haberla abierto Kat.

Subió al apartamento y se duchó, pero algo le

corroía por dentro. Tenía que intentar provocarla de nuevo. Era como si esa mujer le hubiera implantado un dispositivo que le atraía hacia ella. Bajando a recepción, sus pies le condujeron al despacho de la joven.

–¿Vas a salir con tu novio esta noche? –preguntó sin ambages.

Ella se quedó muda ante una pila de documentos.

–Deberías venir al bar. Es la inauguración.

–¿Tan desesperado estás por conseguir clientes? –ella levantó la vista, gélida, irritable.

–En realidad no. Estamos seguros de que será un éxito. Pensé que te gustaría verlo –Lorenzo se apoyó contra el quicio de la puerta–. Es un lugar acogedor, íntimo. Podrías acurrucarte en un sillón en una esquina –¿sería de la clase de chicas que se acurrucaba en público? No lo creía–, o puedes sudar en la pista de baile. Eh… –hizo una deliberada pausa–, creo que será el sofá.

–Me gusta bailar. Pero ya tengo planes para esta noche.

La enorme frialdad le hizo sospechar a Lorenzo que había un fuego ardiendo en el interior.

–¿Con tu novio? –no era muy sutil, pero necesitaba saberlo.

–No –Sophy fingió centrarse en el archivo que tenía delante–. No tengo novio.

–¿No? –él pareció tan complacido que resultaba irritante.

–No me interesa –la frase sonaba demasiado vehemente, y ambos lo sabían.

–¿Y eso? –él enarcó las cejas–. ¿Algún imbécil te rompió el corazón?

–¿Qué te hace pensar que tengo un corazón? –respondió ella con gélida precisión–. A las scout frígidas no nos interesan los hombres, las máquinas nos resultan más eficaces.

Lentamente, alzó la vista y las miradas permanecieron largo rato fundidas. Los ojos de Lorenzo no revelaban nada, pero eran tan penetrantes que parecían estar arrancándole todos los secretos a Sophy, que se sintió ruborizar. Inexplicable, pues había sido él el descortés. Era él quien debería sentirse incómodo.

–¿He dado en el clavo? –sin apartar la mirada, Lorenzo se acercó al escritorio–. Yo solo dije que lo parecías, no que lo fueras.

–Tanto da.

–Al menos ahora sé que eres capaz de sentir algo –él sonrió.

Ella lo miró fijamente mientras intentaba calmar su acelerado corazón.

–Ira –Lorenzo la agarró por los brazos y la levantó de la silla–. ¿Estás muy enfadada conmigo, Sophy?

Estaba demasiado cerca, sujetándola con fuerza, pero ella no hizo ningún intento de soltarse. Se negaba a dejarse intimidar ni a que jugara con ella.

–¿Quieres que lo arregle? –las manos se deslizaron hasta la cintura.

–¿Y cómo piensas hacerlo? –ella respiró entrecortadamente–. ¿Con un beso?

–¿No es así como se suele hacer? –Lorenzo la taladró con su inescrutable mirada–. ¿No es lo que deseas?

–No –Sophy estaba realmente furiosa, porque él estaba en lo cierto–. No creo que arreglara nada.

–¿En serio?

–Creo que lo empeoraría –ella lo taladró con la mirada–. No seas paternalista, Lorenzo. ¿Te crees mejor que yo? ¿Crees que soy un robot? ¿Una niña malcriada de la alta sociedad? ¿Crees que dedico mi tiempo a hacer cosas por los demás, que no tengo ambiciones, sueños? ¿Deseos?

Cerró la boca, de repente consciente de que estaba verbalizando toda la amargura que no había querido mostrar ante nadie, sobre todo ante él.

–Yo no –Lorenzo la sujetó con más fuerza–, pero es evidente que crees que otras personas sí. ¿Por qué no te negaste a trabajar aquí si tenías algo mejor que hacer?

Dicho así parecía tan sencillo.

Pero ella jamás se negaba, no a esa clase de solicitudes. Y lo cierto era que tenía tiempo para ayudar, y le gustaba ayudar. Le hacía sentirse útil, necesitada. Sin embargo tenía la sensación de que Lorenzo se había estado riendo de su buena disposición. ¿Estarían riéndose todos de ella? Estaba cansada. Ese era el problema. Cansada, frustrada y desbordada. Y ese hombre no ayudaba nada, atormentándola con su proximidad. Sophy clavó la mirada en el suelo mientras las lágrimas asomaban a sus ojos.

–Olvídalo.

–No –él le sujetó la barbilla y la obligó a mirarlo–. Estás muy disgustada.

–Mi orgullo herido lo superará –espetó ella, furiosa por su propia estupidez–. Me da igual lo que pienses. Estoy aquí para hacer un trabajo, y lo voy a hacer.

–No hasta que me disculpe.

–No pareces la clase de persona que se disculpa.

—Eso lo dirás tú —los ojos negros brillaron—. De acuerdo, no suelo disculparme a menudo. Pero cuando lo hago, lo hago en serio —le acarició la barbilla—. Lo siento.

—Está bien —ella se encogió de hombros, decidida a que la sonrisa de Lorenzo no la afectara como siempre—. Me da igual lo que pienses de mí.

La sonrisa se hizo más amplia y ella comprendió que estaba dando demasiadas explicaciones.

—Que no se te suba a la cabeza —ella suspiró, recuperado el buen humor—. Lo cierto es que me importa demasiado lo que todo el mundo piensa de mí.

—Y a mí me importa lo que a ti te importa.

—Escucha, olvídalo —la amabilidad de Lorenzo no hacía más que empeorarlo todo.

—No —él la abrazó con más fuerza—. Voy a hacerlo. Sabemos desde hace días que iba a suceder.

Sophy se quedó helada, el cuerpo cargado de anticipación. Lo único que podía hacer era mirarlo, hundirse en las negras profundidades, añorar el tacto de esa hermosa boca.

Y entonces lo hizo.

Fue una leve caricia sobre los labios, pero se demoró demasiado para ser un casto beso.

—¿Mejor? —él susurró la pregunta.

—No.

Los labios estaban separados por escasos milímetros y Sophy sentía el calor del masculino cuerpo, olía el aroma a jabón que desprendía. Un temblor de anticipación le recorrió el cuerpo. De repente Lorenzo se movió, lo justo para deslizar los labios sobre su boca y permanecer allí.

Sophy cerró los ojos y vació la mente de todo, salvo de la sensación de las caricias, de la inesperada dulzura de ese hombre.

Se oyó un gemido ¿había sido ella? La dulzura, la lentitud, todo la sobrecogía. De nuevo se estremeció y él la abrazó con más fuerza. Aquello no bastaba.

Y entonces se acabó.

Apenas podía respirar. Los ojos negros seguían fijos en ella. Oscuros, intensos, hermosos. El tiempo se detuvo durante un instante que pareció infinito. ¿Volvería a besarla?

–No –surgió bruscamente de los labios de Lorenzo mientras se apartaba de ella–. Tenías razón y yo estaba equivocado –se dirigió a la puerta–. Lo siento de veras.

Capítulo Cuatro

En cuanto Lorenzo abandonó el despacho, Sophy se dejó caer en la silla. Se cubrió los ojos con las manos y bloqueó toda sensación, solo durante un segundo, lo justo para conservar la cordura. Todo el cuerpo le vibraba.

¿Por qué se había detenido Lorenzo? Prácticamente había huido.

Habría bastado con un ligero movimiento de la barbilla para reanudar el contacto. Lo había tenido en bandeja, pero no había aprovechado la oportunidad.

Y ahí estaba, furiosa consigo misma por ser tan pasiva. ¿Por qué no había tenido las agallas de arriesgarse? Se había quedado paralizada, primero por las palabras de Lorenzo, luego por el beso, y por último por las emociones que le habían embargado.

Lorenzo lamentaba haberla besado. Cómo podía lamentar el beso, él lo había sentido tanto como ella.

Deseaba más. En sus entrañas se había prendido un fuego que necesitaba ser alimentado.

Decidió aprovechar la hora de la comida para avanzar en el proyecto. Tenía sus propias ambiciones y estaba más decidida que nunca a perseguirlas. Participaría en la exposición y demostraría que tenía mucho más que dotes para la organización. Tenía sueños, e iba a convertirlos en realidad.

Había sido un error. Un error descomunal. Desde luego esa mujer tenía sentimientos, un deseo por él ardiente y dulce. Y él solo quería hundirse en la deliciosa suavidad que ella le ofrecía.

Lo había mirado expectante. Había sido como corromper a una inocente. Sophy era una chica buena y Lorenzo jamás se enredaba con chicas buenas. Las cosas se complicaban demasiado y era evidente que con ella lo harían mucho más. Un simple comentario hecho a Alex la había hundido. Los enormes ojos habían destilado dolor solo por unas estúpidas palabras. Lorenzo se sentía culpable.

De lo que ya no le cabía duda era de que esa mujer no era frígida. Poseía cualidades volcánicas. Como una montaña con el pico cubierto de nieve, era capaz de escupir fuego cuando menos lo esperabas.

Se moría por volver a hacerla temblar una y otra vez. Estar con ella, dentro de ella. Pero si unas pocas palabras habían bastado para herirla, no iba a ser capaz de soportar una breve aventura. Era una mujer de relaciones. Monógama.

Literalmente, demasiado buena para él. Por muy ardiente que fuera, no estaba dispuesto a cruzar ese límite. Porque él no era monógamo. Lo había intentado una vez, siendo joven y lo bastante ingenuo para creer que el pasado no importaría, pero no volvería a repetirse. Cierto que le gustaban las mujeres, montones de mujeres, por la diversión del sexo. No repetía más de tres veces con la misma, a ser posible en la misma noche.

Y esa no era una situación adecuada para la dulce Sophy.

Pero tampoco podía mostrarse huraño e ignorarla después de lo sucedido. Tenían que volver al plano profesional, aunque no iba a resultar fácil.

La encontró ante el escritorio, la cabeza inclinada, concentrada en un montón de diminutas piezas. Sobre la mesa había una bolsa abierta y unas herramientas de aspecto afilado. Lorenzo se apoyó contra el quicio de la puerta y esperó a que ella se diera cuenta de su presencia mientras disfrutaba mirándola.

Pasaron varios minutos antes de que levantara la vista y soltara un pequeño grito.

–Lo siento –Sophy se sonrojó–. No te he oído.

–¿Qué haces?

Sophy comenzó a guardar apresuradamente todos los objetos en un soporte cubierto de terciopelo sobre el que dispuso pequeñas piedras semipreciosas, cuentas y otros artículos.

Lorenzo lamentó haber roto ese momento de calma. Le había dado a un interruptor y la eficiente autómata había regresado.

–¿Qué hacías? –él sonrió.

–Un collar –contestó ella desviando la mirada.

–¿Una afición?

–Sí –Sophy asintió y el rubor de las mejillas se le hizo más intenso–. Lo siento –murmuró–. Perdí la noción del tiempo.

Esa mujer era incapaz de mentir aunque le fuera la vida en ello. Seguro que no había hecho nada incorrecto en su vida. Eran dos polos opuestos.

–No te preocupes –a él realmente no le importaba.

Sophy había hecho un gran trabajo organizando el lío de la fundación. Todo había vuelto a su cauce. Incluso la inauguración del bar parecía ir bien. Tenía derecho a una tarde libre–. Puedes irte pronto a casa. Has trabajado mucho.

–De acuerdo –ella levantó la vista. La gélida mirada había regresado–. Gracias.

Lorenzo estuvo tentado de hacer o decir algo más, pero al final se dio media vuelta y se dirigió a su despacho. No había sido más que un beso. Podría olvidarlo, ignorar la electrizante perspectiva de seducir a esa mujer.

«Al menos por una vez en tu vida intenta hacer lo correcto, Lorenzo».

De nuevo se había pasado la noche despierta, trabajando en sus piezas. Sus joyas tenían que ser realmente especiales, no algo que cualquiera pudiera hacer en su casa. Tenían que resultar atractivas a la vista y contar con ese detalle que las diferenciara de las demás. Durante años había recopilado piezas *vintage*. En Francia había adquirido una valiosísima experiencia trabajando en una joyería, y había dedicado las horas de la comida a observar a los orfebres trabajar en el taller. También se había apuntado a unos cuantos cursos, de modo que podía presumir de una considerable técnica. Lo que le faltaba era tiempo para preparar piezas para la exposición, y tampoco estaba del todo conforme con el resultado.

Pero lo peor era que no se concentraba. Ojalá Rosanna estuviera allí.

La mañana pasó sin ver a Lorenzo, pero al mediodía oyó el familiar golpeteo. Se asomó por la ventana y allí estaba, jugando al baloncesto, aunque en esa ocasión sí llevaba camiseta.

Lorenzo miró hacia la ventana y Sophy se echó hacia atrás, pero no antes de ver esa sonrisa. Tras botar la pelota, dio unos saltos hacia la canasta y encestó.

De nuevo miró hacia la ventana. Sabía que seguía allí, mirándolo. Muy lentamente se subió el borde de la camiseta para secarse el sudor de la frente, y de paso mostrarle esos deliciosos abdominales.

¿Esperaba una reacción? Imposible. Ella era incapaz de moverse.

La sonrisa reapareció y en un abrir y cerrar de ojos se quitó la camiseta, arrojándola a un lado.

Aquello era insoportable. Sophy cerró la ventana, lo cual no le impidió oír la carcajada. Y eso fue la gota que colmó el vaso. Corrió escalera abajo y salió al patio. Lorenzo la miró sorprendido. Iba a pagar cara su provocación.

Sophy se dirigió al balón y lo recogió del suelo. Era muy grande y rezó a los dioses del deporte para que fueran benevolentes con ella. Hacía años que no jugaba. Giró el balón en sus manos y se lo pegó al pecho.

Se volvió y lo encontró a sus espaldas, demasiado cerca. La fulminante mirada hizo que él se apartara. Ella miró hacia la canasta. Estaba muy alta.

Apuntó y lanzó. El balón se coló limpiamente por el aro.

—¿Tienes más secretitos como ese? —susurró él—. ¿Quieres jugar conmigo, Sophy?

—Quiero vencerte.

El cuerpo de Lorenzo se tensó visiblemente.

–Nadie puede vencerme.

–¿Acaso tienes miedo, Lorenzo?

–¿Y qué nos jugamos? –la sonrisa reapareció tras una breve pausa.

–¿Qué te gustaría? –Sophy había contado con despertar el lado travieso de Lorenzo, pero no se imaginaba que fuera tan fácil.

¿Era realmente ella la que coqueteaba así? Prácticamente ronroneaba.

–Tú lo has sugerido –Lorenzo la miró divertido, pero también ardiente–. Elige el premio.

Ella se limitó a mirarlo, dejando que su lenguaje corporal hablara por ella.

–¿En serio? –Lorenzo dejó caer el balón.

–¿Piensas que no?

–No estoy seguro de que ninguno de los dos esté pensando.

–¿Te crees que no va a suceder de todos modos? Hace días que lo sabemos –ella lo estudió, en parte mortificada por su propia osadía–. ¿Prefieres que lo dejemos?

–Seguramente deberíamos –Lorenzo apoyó las manos en las caderas, marcando los bíceps.

–¿Por qué? –había visto el fornido torso moverse más aceleradamente. Él también lo sentía.

–¿Por qué persigues esto? –él la agarró inesperadamente de los brazos.

¿Perseguir? ¿Igual que una adolescente tras su primera presa?

–Nunca he hecho algo así –sorprendida, le contó la verdad–. Nunca he disfrutado de un revolcón de una noche. Siempre me he portado bien, vigilando mi reputación, salido con tipos «adecuados».

Había tenido un par de novios formales, hasta el compromiso.

–Por una vez en mi vida quiero disfrutar de la libertad de hacer lo que quiera, de tomar lo que quiera, de tener lo que quiera.

–¿Y soy yo lo que tú quieres? –Lorenzo encajó la mandíbula.

–Estás en muy buena forma –ella contempló el atlético cuerpo.

–¿Es eso lo que te excita? ¿Alguien ajeno a tu círculo social? ¿Alguien proveniente de la otra orilla?

–Tu pasado me trae sin cuidado. Te lo he dicho, estás en buena forma –suspiró frustrada–. Y cada vez que te veo estás medio desnudo. ¿Qué esperabas? Soy humana.

–¿De modo que solo buscas algo físico, Sophy? –Lorenzo rio.

–Muy físico.

Lorenzo dejó escapar un silbido y ella contuvo la respiración mientras esperaba su decisión.

–No me van las relaciones, Sophy.

–¿Te crees que no lo sé?

–Esto no se nos puede ir de las manos –él la sujetó con menos fuerza, pero sin soltarla.

–Por supuesto –en el interior de Sophy vibraba una mezcla de anticipación y satisfacción. Había ganado–. Vas a mantener el control –sonrió.

–Creo que no tienes claro quién va a dominar –él la atrajo un poco más hacia sí–. Yo tomaré el control, Sophy. A ti no te gusta tener que hacerlo.

–De acuerdo –era verdad. Solo quería sentir, sin pensar, experimentar, liberar la tensión.

–¿Y qué tenías pensado? –los ojos negros desprendían fuego.

–¿Qué te parece mi despacho?

–¿Ahora? –Lorenzo soltó una carcajada–. ¿Uno rapidito antes de marcharte a casa?

–Tiene su atractivo –ella lo miró con las mejillas arreboladas. Hacía días que lo deseaba.

–¿No te estás adelantando un poco? –la masculina voz surgió como un susurro–. Apenas nos hemos besado. Puede que no seamos tan buenos.

–Eso ni te lo crees –ella sonrió lasciva–. Además –le acarició la barbilla–, eres brillante en todo lo que haces.

–Tú también.

–Entonces, juntos seremos brillantes ¿no crees? –no estaba del todo de acuerdo con la afirmación de Lorenzo, pero no iba a aclarárselo–. Comprobémoslo.

–Sophy –murmuró él–. Será mejor que sepas lo que haces.

A modo de respuesta, ella levantó el rostro hacia él, ofreciéndose.

En un ágil movimiento, Lorenzo atrapó sus labios. No tuvo nada que ver con el dulce beso del día anterior. Aquello era descarnadamente sexual. Sophy dio un respingo y se contuvo durante una fracción de segundo ante la invasión. Pero luego se lanzó de cabeza al ojo del huracán, abrazándolo con fuerza, apretando el pecho contra él. Y él la atrajo con más fuerza contra su dureza.

La ardiente piel de Lorenzo casi derritió a Sophy.

Deslizó la lengua entre sus labios y ella le dejó entrar, recibiéndolo con su propia lengua.

Los músculos del delicado cuello se le tensaron a medida que el beso se volvió más ardiente. Sophy basculó las caderas y se puso de puntillas para sentir la masculinidad allí donde la deseaba realmente, desesperada por aliviar la agonía que crecía en su interior. Más que oírlo, sintió el gruñido de Lorenzo que deslizó una mano hasta su trasero y lo sujetó en posición mientras empujaba contra ella. La lengua se movía imitando el movimiento que desearía hacer con esa otra parte de su cuerpo. Ella gimió, confirmándole que también lo deseaba.

Mordisqueándole el labio, la apretó más contra su erección y ella separó ligeramente las piernas, torturando a ambos con el movimiento. Sophy maldijo la ropa que se interponía entre ellos y él se inclinó hacia atrás para que la parte inferior de sus cuerpos se pegara aún más. Ella se agarró a los fuertes hombros y aceptó sus exigencias. Ya no quería seguir de pie, necesitaba tumbarse. Quería que él la inmovilizara bajo su peso y se zambullera en su interior rápido y duro.

Y todo ese deseo se había desatado con un simple beso.

—¡Sí! —la exclamación surgió mitad grito, mitad susurro, de labios de Sophy cuando él tomó un turgente pecho con una mano.

De modo que esa era la lujuria pura, carnal. La atracción hacia un cuerpo sin que importara nada más que tocar, sentir y despertar. La felicidad libre y física era posible. Durante años se lo había perdido, tomándoselo todo demasiado en serio, siendo demasiado prudente. Deslizó las manos por la nuca de Lorenzo y las hundió en su cabellera. Había llegado la hora de ponerse al día.

Lorenzo luchó con todas sus fuerzas contra la rugiente lujuria de ambos. Interrumpió el beso y se obligó a dejar de acariciarla, a pesar del dolor que le producía el gesto.

Los ojos azules brillaban con intensa pasión y Lorenzo sabía que no podría resistirse mucho más. La mano seguía acariciando el erecto pezón imitando el movimiento de los labios sobre su boca.

El estremecimiento de Sophy casi le hizo perder el control. Su intención había sido ponerla a prueba, y por eso la había besado con tanta dureza. Sin ternura, sin preliminares, desatando su pasión desde el comienzo.

Y ella había estado a la altura, casi venciéndole.

Solo podía pensar en desnudarla, besarla, humedecerla de deseo. Quería saciarla, y saciarse él también, que sus cuerpos sudorosos se deslizaran juntos en pos de la liberación física. Hacía años que no había deseado sexo con tanta fuerza.

–No voy a tomarte ahora –él dio un paso atrás–. Así no.

–¿Por qué no? –Sophy no parecía consciente de hasta qué punto se estaba entregando.

El cuerpo de Lorenzo se tensó, su lado animal dispuesto a aceptar el ofrecimiento, tumbarla allí mismo y acabar con ello. Pero no podía. Ella necesitaba un poco de tiempo para estar segura. Entre ambos había lujuria suficiente para volverse locos, y para hacer cosas que ella lamentaría después. Y Lorenzo no soportaba los remordimientos.

Menuda estupidez. ¿Desde cuándo le importaba? ¿Desde cuándo renunciaba a pasárselo bien?

Desde que ella le había confesado que no solía hacer esas cosas. Ya se lo había figurado, pero oírselo decir no había hecho más que empeorar las cosas.

—¿Estás segura de que podrás con ello?

—No me trates como si fuera idiota —ella se apartó irritada—. Solo será una noche, Lorenzo.

Lorenzo se mesó los cabellos. Necesitaba controlar sus emociones. Era la una de la tarde y estaba a punto de disfrutar de un revolcón en el patio trasero. Y él quería más que un revolcón. Quería una cama. Quería toda la noche.

Una noche. Tal y como había sugerido ella.

Su cuerpo irritado estaba ansioso por tomarla allí mismo. De ninguna manera iba a subirla a su apartamento. Hacerlo conduciría a mensajes equívocos. Iba a tener que llevarla a algún sitio, pero una cita también se confundiría con algo más. ¿Había algún modo de hacerlo sin complicaciones?

—Esta noche saldremos —el ardiente deseo le forzó a tomar una decisión.

—No será necesario.

—¿No te apetece salir? —la frialdad de Sophy lo desarmó. ¿La había subestimado?

—Podrías venir a mi casa.

A Lorenzo no le gustaba que la idea hubiera sido de ella, pero tenía razón. Si salían juntos parecerían amantes, se sentirían como amantes.

—¿A cenar?

—Si quieres —contestó ella mientras le anotaba su dirección y una hora.

–Muy bien –Lorenzo intentó infructuosamente descubrir alguna emoción en el bonito rostro. Si ella quería seguir adelante ¿quién era él para impedírselo?

Sophy se despidió con una sonrisa y regresó al despacho.

Él la vio por la ventana, la imagen de la perfecta administrativa. Debería gustarle, no irritarle, dado que la pagaba para que trabajara. Pero por algún motivo le molestaba que fuera capaz de volver a concentrarse en ese aburrido trabajo así sin más.

¡Cómo deseaba verle perder el control! Ver esas ropas inmaculadas arrugarse y los cabellos revolverse. ¡Cómo deseaba ver esos enormes ojos desorbitados y salvajes, verla jadear, que ambos rieran y gritaran de placer!

Y lo deseaba en ese mismo instante.

Capítulo Cinco

Lorenzo respiró hondo y se acercó a la puerta con una creciente sensación de fatalismo. No llevaba flores, ni vino. Solo su cuerpo. A fin de cuentas era lo único que ella quería, y lo único que obtendría de él. Aquello iba de sexo duro. Nada más.

Sophy abrió la puerta con las mejillas arreboladas. Se había puesto otra blusa, una falda y sandalias. Tenía las uñas de los pies pintadas de rosa y los cabellos peinados en su habitual estilo de los años cincuenta.

–No he cocinado nada, lo siento. Estaba ocupada.

–No pasa nada –de todos modos él no tenía hambre. No de comida.

–Hice trampas y compré algunas cosas para picar –ella lo condujo al comedor.

–Estupendo –Lorenzo contempló la comida dispuesta en bonitos cuencos de porcelana.

–¿Empiezas a arrepentirte? –ella lo miraba de una manera inquietante.

–Yo no me arrepiento ¿y tú?

–Fue uno de mis buenos propósitos de año nuevo –ella sacudió la cabeza.

–Nunca has hecho nada que puedas lamentar ¿verdad? –Lorenzo no pudo contener el tono de amargura.

–¿Eso crees? Lorenzo, no soy ningún ángel –susurró Sophy–. Y no soy virgen.

Lorenzo tragó nerviosamente. Para no haber hecho nunca algo así, Sophy lo estaba haciendo muy bien. La comida podía esperar, pues había algo mucho más urgente. Le sujetó un mechón de rubios cabellos entre los dedos y tiró de él. En cuanto lo soltó, el rizo volvió a su lugar.

–Pareces tan segura…

–Sabes que lo estoy –ella lo miró irritada–. Estás aquí. Estoy aquí. Fin de la conversación.

Lorenzo rio para sus adentros. Al parecer no era el único que llevaba tiempo soñando con ello. La miró fijamente y al fin percibió un ligero toque de nerviosismo. Sophy se mordisqueaba el labio inferior y permanecía muy quieta, expectante.

Inclinándose lentamente, él tomó ese labio entre sus propios dientes y lo acarició con la lengua. Sophy se le abrió por completo y en un abrir y cerrar de ojos regresaron al ardiente beso de aquella mañana. Deslizó las manos hasta los fuertes hombros y hundió las caderas contra su cuerpo. Allí donde se tocaban, saltaban chispas.

–¿No te apetece comer primero? –él se apartó, decidido a ir más despacio.

–¿Te importaría callarte y ponerte a ello? –Sophy volvió a pegarse a él–. Cualquiera diría que te estás achantando.

Lorenzo volvió a mirarla a los ojos, pero todo rastro de nerviosismo había desaparecido. Esa mujer disfrutaba siendo provocativa, y quería que fuera rápido. Pues peor para ella.

–¿Qué pasa? –preguntó–. ¿Por qué ese empeño en que termine cuanto antes?

Daba la sensación de quererlo fuera de su casa en menos de una hora. Pues eso no iba a suceder. Iba a darle una noche entera, y no bastaría con una vez, ni sería rápido.

Sophy no contestó, aunque seguía apretándose contra su cuerpo. Él le deslizó un dedo por el cuerpo y buscó una reacción. Ahí estaba. Las pupilas se dilataron y la respiración se aceleró. Impulsivamente, le besó la mejilla.

Sophy se giró, pero él no tomó los labios que le ofrecía, sino que le besó la oreja y mordisqueó el lóbulo.

A continuación le besó el cuello y ella se estremeció. Había encontrado su punto vulnerable.

Ya era demasiado tarde para echarse atrás, siempre lo había sido. Desde la primera vez que la había visto en el patio, la había deseado. Y en ese instante iba a tomar lo que deseaba.

Ella se movió inquieta, pero él se negó a besarla de nuevo. Necesitaba recuperar el control para poder jugar con ella. Lentamente, le desabrochó los botones de la blusa que deslizó por sus hombros y disfrutó de la visión del bonito sujetador, blanco con encaje floreado. Aunque más bonitos eran los pechos que envolvían. Los erectos pezones se marcaban a través de la tela y Lorenzo casi dejó escapar un gemido.

Tenía que besarla, pero no la boca, sino el suave cuello. Deslizó los labios sobre su piel y sintió latir el pulso de Sophy. Ella echó la cabeza hacia atrás, ofreciéndole un mayor acceso a la sensible zona. Los labios, la lengua, se deslizaron hacia abajo, hasta alcanzar el pecho.

Sophy agarró la cinturilla del pantalón del Lorenzo y tiró con fuerza, pero él se negaba a moverse y optó por hacerlo ella misma. Poniéndose de puntillas, golpeó las caderas contra él.

–Lorenzo –el deseo hacía que la voz de Sophy sonara ronca.

Él le deslizó las manos por los muslos para calmar el dolor con la promesa de una caricia íntima.

–¡Lorenzo, por favor!

Lorenzo sintió las manos de Sophy en su espalda, bajo la camiseta. No podría controlarse si lo acariciaba y optó por distraerla deslizando los dedos por la parte delantera de las braguitas.

Sophy dio un respingo y se apartó de un salto.

–Como una buena scout –ella hundió una mano entre los pliegues de la falda–, estoy bien provista –con manos temblorosas le mostró un preservativo que se le cayó al suelo.

–No nos hará falta –él la atrajo hacia sí para continuar saboreándola.

–¿No? –Sophy jadeaba y movía las caderas en círculos contra él, volviéndolo loco.

–No, aún no –Lorenzo la detuvo sujetándole el trasero.

Estaba decidido a descubrirla lentamente, pero sí podía ofrecerle una muestra de lo que iba a recibir. Le besó el pecho e introdujo el turgente pezón en su boca.

Ella gritó. Y él sintió arder la satisfacción en su interior. Incapaz de resistirse, chupó con más fuerza. Sophy casi se deslizó hasta el suelo, pero Lorenzo la agarró con más fuerza, impidiéndole caer, antes de apartarse para poder mirarla a los ojos.

–No estás tan preparada ¿verdad?

Confusa y aturdida, ella no contestó.

–¿No crees que necesitaremos más de una vez? –Lorenzo hundió una mano en el bolsillo y sacó media docena de preservativos que dejó caer al suelo–. Y ahora deja de intentar controlarme –la empujó hasta una silla y se agachó frente a ella, apartándole las piernas.

–¿Qué haces?

–Maximizar el placer –murmuró él mientras deslizaba las manos por los muslos–. Es como fabricar vino, Sophy, conseguir el mejor lleva su tiempo.

–Pero a mí me gusta que se hagan las cosas a tiempo.

–Ya lo sé. Y te aseguro que vamos a hacer esto a conciencia.

No iba a darse prisa. Había esperado demasiado. Iba a tocarla entera, volverla loca.

Sophy lo siguió con la mirada cuando él se arrodilló entre sus piernas. Los ojos muy oscuros y el gesto concentrado, deslizaba las manos por su piel. Cuando lo vio agacharse, cerró los ojos. Los carnosos labios la acariciaban, incendiándola a su paso. Ya no podía soportar la tortura.

–Lorenzo –no servía de nada suplicarle. Él no tenía ninguna prisa.

Basculó las caderas contra su boca, suplicándole con el gesto que subiera un poco más, allí dónde más ansiaba sentirlo. Al fin las manos se deslizaron hasta las caderas y Lorenzo agarró el elástico de las braguitas. Sophy lo ayudó levantando el trasero de la silla y en pocos segundos esas maravillosas manos estaban de nuevo sobre sus rodillas, separándole las piernas.

Pero el beso que esperaba no llegó, pues el siguiente paso de Lorenzo consistió en juguetear con el sujetador con una mano mientras con la otra le subía la falda.

–¡Por favor, Lorenzo, por favor! –estaba muy cerca de ella, pero lo necesitaba más cerca aún. Lo deseaba tanto que estaba segura de que moriría.

–No –rio él travieso.

–Ya no puedo aguantar más –la caricia de los labios sobre un pezón llegó directamente a sus entrañas, iniciando las contracciones, la súplica de su sexo.

–Sí, puedes.

–Pero, si llego ahora, ya no podré…

¿Cómo explicárselo? No quería saciarse, lo quería dentro cuando llegara la liberación. Quería que fuera el mejor sexo que hubiera tenido jamás. Casi podía saborearlo.

–Lo quiero todo –había quedado reducida al instinto básico.

–Y lo tendrás –Lorenzo rio–. Una y otra vez, te lo prometo. ¿Por qué no disfrutas del momento?

Pues porque estaba a punto de volverse loca. El volcán de su interior amenazaba con entrar en erupción. Lorenzo se movió, pero no como ella deseaba, pues no la arrastró al suelo para abalanzarse sobre ella.

Le deslizó una mano por el interior de los muslos mientras con la otra tomaba un pecho y acariciaba el turgente pezón. Sophy no podía moverse, su cuerpo pegado al de Lorenzo, sometida a sus caricias.

Al sentir la ardiente lengua deslizarse por su zona más íntima, dio un respingo.

La estaba matando.

Se pegó al respaldo de la silla y basculó la pelvis hacia él. Las oleadas de placer mimetizaban el movimiento de la lengua de Lorenzo. Ese hombre sabía qué hacer y cómo hacerlo.

—¡No pares, por favor, no pares! —le suplicó mientras empezaba a estremecerse. Lo estaba deseando, pero también deseaba más.

No sabía qué hacer con las manos, con el corazón, con el fuego que la quemaba desde el interior. Al final optó por hundir las manos en la negra cabellera, espesa y masculina. La tensión se acumulaba en su interior y Lorenzo deslizó una mano bajo el trasero para sujetarla mejor contra su boca. Las caricias, lentas y rítmicas, se intensificaron y ella alcanzó la liberación con un grito. Pero él no se detuvo, no le dio el menor respiro, arrancándole hasta la última gota de respuesta, hasta que para Sophy todo se volvió negro.

Sophy ya no era un ser consciente. Incapaz de pensar, de moverse, de hablar, ni siquiera de abrir los ojos. Lorenzo la acarició con dulzura, besándola.

Al fin el pulso se le estabilizó, pero enseguida se volvió a disparar al oírle pronunciar su nombre. Abrió los ojos y se encontró con la mirada negra que desprendía un casi infantil brillo de placer. Sabía hasta qué punto la había deleitado, sabía lo preparada que volvía a estar para él.

—¿Sigues queriéndolo todo?

—Más que nunca —contestó ella.

—Me honras —la sonrisa de Lorenzo se esfumó.

Tomando unos cuantos preservativos del suelo, se levantó y la tomó en sus brazos, dirigiéndose al dormitorio principal.

–Es el otro –le indicó Sophy. Ella dormía en la habitación más pequeña.

–Será mejor que te quites el sujetador y la falda –le aconsejó él tras tumbarla en la cama.

Pero Sophy estaba demasiado absorta viéndolo desnudarse y colocarse un preservativo sobre la palpitante erección.

–Sujetador y falda, Sophy –Lorenzo frunció el ceño–. O perderé el control.

A lo mejor ella quería que lo perdiera.

–Si me quieres dentro de ti, tendrás que hacerlo.

Sophy sonrió, encantada de verlo tan tenso, pero se arrodilló sobre la cama y se desabrochó el sujetador.

Parado a los pies de la cama, él la contemplaba.

Sophy se puso de pie sobre el colchón y se quitó la falda con un rápido movimiento de caderas.

Con las piernas separadas y los brazos en jarra, lo miró con una sensación de poderío.

–¿A qué esperas?

–A conseguir un mínimo de control –masculló él entre dientes.

Sophy se dejó caer de rodillas y se arrastró hasta el borde de la cama.

Lorenzo hundió los dedos en la rubia cabellera y tiró de un mechón. Ella no se resistió, echando la cabeza hacia atrás para darle mayor acceso a su boca antes de tumbarse de espaldas. Tal y como había previsto, él perdió el equilibrio y cayó sobre ella.

–Sophy –gruñó Lorenzo apoyando los brazos a los lados del cuerpo para erguirse–. ¿Estás bien?

–No –ella le rodeó la cintura con las piernas–. Estoy harta de esperarte.

–Ya no puedo más.

–Me alegro –ella sonrió.

Lorenzo se detuvo una eternidad, mirándola a los ojos mientras Sophy intentaba apremiarlo basculando las caderas hacia arriba. Pero él le dedicó una de sus desgarradoras sonrisas y se dejó caer lentamente sobre ella.

Sophy apenas podía respirar cuando Lorenzo, al fin, se hundió en su interior de una fuerte embestida que le provocó un estremecimiento.

–¿Estás bien?

–Sí –jadeó ella–. Sí, sí, sí.

Sin embargo, la respiración se le aceleraba cada vez más. Era demasiado.

–Tranquila, nena –Lorenzo volvió a hundirse en su interior y se mantuvo quieto hasta que la sintió calmarse.

El peso de su cuerpo la mantenía anclada al colchón, pero su fuerza amenazaba con desgarrarla. Segundos después, Sophy consiguió respirar más profundamente, capaz de soportar la intensidad.

–Quédate conmigo –murmuró él.

Ella asintió a medida que el ritmo se incrementaba de nuevo, pero en esa ocasión lo acompañó en el movimiento. Jamás ni en sus más alocadas fantasías habría imaginado que sería así.

–Eso es –Lorenzo intensificó el beso.

Sophy le tomó el rostro entre ambas manos y le devolvió el beso con toda la pasión de que fue capaz y sintió el cuerpo de Lorenzo tensarse cada vez más, hasta que interrumpió el beso y la miró con gesto severo, sin rastro de sonrisa, la respiración acelerada.

El ritmo se intensificó hasta que ella empezó de nuevo a perder el control. Lorenzo la besaba mientras se movía dentro de ella a un ritmo cada vez más enloquecedor. Y de repente Sophy jadeaba, gemía, pero sobre todo gritaba. Y así sin más, demasiado pronto, pero no lo bastante pronto, su cuerpo convulsionó en éxtasis, forzándole a él a seguirla.

—Resulta que sí sudas —Lorenzo deslizó una mano por su húmeda piel.

—En contra de la opinión generalizada, soy humana —contestó ella con los ojos cerrados.

—¿Y te gusta que te haga sudar?

Sophy no contestó.

—Tu peinado sigue perfecto. ¿Cómo lo haces?

Sophy no tenía ninguna gana de hablar, solo de recomponerse. Tenía la impresión de pender de un hilo, de tener todos sus secretos al descubierto, y quería volverlos a encerrar.

—Nada. Es así.

—Nunca te había visto tan quieta.

—¿A qué te refieres? —ella lo miró a los ojos.

—Siempre estás haciendo un millón de cosas, siempre eficaz, nunca parada.

—Trabajo deprisa para terminar cuanto antes. Tengo otros intereses.

—¿Los collares? —Lorenzo miró hacia la mesa.

—Sí. Y otras joyas.

Sophy lo contempló fijamente. Había ocultado su pasión a sus padres. Sus hermanos se burlaban de ella por no haber superado la afición infantil de hilar cuentas. No era más que una cría incapaz de completar nada. Solo servía como chica de los recados.

Y lo peor de todo era que era como una cría, ansiosa por ser aceptada. Jamás les había faltado al respeto a sus padres, siempre hacendosa. Pero quería algo más, quería que se sintieran orgullosos, que valoraran su contribución al mundo tanto como valoraban la de sus hermanos.

—Son bastante buenas —Lorenzo se acercó a la mesa.

—¿Habla el experto?

—He visto unos cuantos collares

También había visto unos cuantos cuellos. Y sabía muy bien cómo hacerle el amor al cuello de una mujer. Sophy se moría de ganas de que se lo volviera a hacer.

—Son originales, distintas —él estudió las joyas.

—Gracias.

—Has hecho unas cuantas.

—Son para una exposición —ella dudó, aunque al final el orgullo se impuso. Deseaba impresionarlo.

Pero en cuanto las palabras hubieron abandonado su boca, lo lamentó. ¿Y si no gustaban? ¿Y si no vendía ninguna?

—¿Qué exposición?

—Va a celebrarse un festival de cine en la academia. Mis joyas van a exponerse a la entrada.

—Genial —él asintió—. ¿Y aquí es donde trabajas?

—A veces utilizo la mesa del comedor, pero es más sencillo aquí. Menos lío para Rosanna.

Lorenzo enarcó las cejas y la miró. Y ella supo que ya tenía otras cosas en la cabeza. Su cuerpo le delataba.

***

Hacía años que no se había escabullido de la cama de una chica. Normalmente se quedaba a desayunar. Había perfeccionado el arte de la dulce despedida: un beso, una sonrisa, unas cuantas palabras tiernas. Pero siempre una despedida.

Sin embargo, no podía volver a tocar a Sophy. Si lo hacía, no podría contenerse y se negaba a prolongar aquello. No le había sorprendido lo salvaje que había resultado, pero no había contado con sentirse impresionado, conmovido. Lo cierto era que esa mujer le asustaba, le asustaba cómo le hacía sentir. Era demasiado dulce, deliciosa.

Le hacía desear más.

Con cuidado salió de la cama. Sophy estaba acurrucada, la rubia melena esparcida sobre la almohada, y tuvo que contenerse para no besarla de nuevo. Ya sentía la erección y no quería empeorarlo.

Le recordó su época de estudiante cuando se escapaba del dormitorio del internado con Alex. Ser pillados, para él hubiera significado la expulsión. Pero, como en esos momentos, siempre lo conseguía.

Una vez fuera de la casa se estiró, sintiendo que la adrenalina le bañaba los músculos al pensar en la noche que habían compartido. El cielo empezaba a clarear. Por fantástico que hubiera sido, no debería haberlo hecho. Y desde luego no iba a volverlo a hacer.

Capítulo Seis

Sophy abrió los ojos en cuanto oyó cerrarse la puerta. Tumbada muy quieta, esperó. Lorenzo había querido escabullirse y ella no había querido detenerlo. Seguramente no le apetecía la incomodidad del día después.

¿Le habría dejado una nota? No había nada, al menos no sobre la almohada. Cuando estuvo segura de que se había marchado, se levantó de la cama y se dirigió al salón. La comida seguía intacta sobre la mesa. La noche anterior solo se habían comido el uno al otro. Sophy no había estado preparada para él, ni para el día después. No lo lamentaba, pero sí sentía una desagradable inquietud.

Tiró la comida a la basura y siguió buscando. No había ninguna nota. Lo malo era que en cuatro horas iba a verlo de nuevo en el trabajo.

No se molestó en regresar a la cama para intentar dormir un poco. Optó por elegir su traje de pantalón preferido y comprobar que la camisa estaba bien planchada. No permitiría que ese hombre la alterara. Sin embargo, el corazón le galopaba con fuerza.

Habían tenido su noche y, aunque se sentía como si hubiera muerto y ascendido al cielo, era evidente que él no. Se había apresurado a marcharse, incapaz de enfrentarse a ella.

Deseó que Rosanna estuviera en casa. Necesitaba su consejo para superar el dolor de las postrimerías. ¿Cómo conseguía su amiga mantener tan buena relación con sus antiguos novios? Y, sobre todo ¿cómo conseguía que las antiguas llamas siguieran ardiendo por ella?

Al menos había intentado copiar parte del talante de Rosanna. Su amiga manejaba a los chicos con sonrisas y encanto, les facilitaba las cosas. Dio un respingo al recordar cómo ella también le había facilitado las cosas, y mucho, a Lorenzo, aunque era evidente que él la había deseado. Curiosamente, la idea no la tranquilizó.

Porque a Lorenzo le gustaba el sexo, pero nada más. En realidad no la había deseado a ella, solo el placer físico que le había ofrecido en bandeja. ¡Qué tonta había sido!

Sophy ya no pudo fingir que no lo lamentaba, ni fingir que no sentía el dolor de saber que no significaba nada especial para ese hombre.

Lorenzo no estaba en la oficina cuando ella llegó. Kat le informó de que estaría fuera casi toda la mañana y Sophy estuvo segura de que había sido intencionado.

Sentada en su despacho hizo aquello que tanta fama le había dado: terminar el trabajo, organizar. Victoria llamó y le pidió que recogiera algunas cosas de la tienda para la cena en casa de sus padres. También quería llevar algo de comida a Cara. ¿Podría ocuparse Sophy?

Por supuesto que podía.

Todos sus nervios fueron en balde, pues Lorenzo

no apareció y ella decidió marcharse pronto. Ya se había quitado el grueso del trabajo y no tenía sentido que siguiera a jornada completa. Haría los recados de Victoria y cenaría en casa de sus padres. Allí aprovecharía para ser útil, ofreciéndose a cualquier cosa que necesitaran de ella.

Al día siguiente, Lorenzo tampoco estaba en la oficina cuando ella llegó. ¿De qué tenía miedo? ¿Creía que iba a volver a arrojarse en sus brazos?

Sophy dio un respingo, pues eso era precisamente lo que había hecho. Pero no volvería a cometer el mismo error. Jamás. Horas después, colgó la enésima llamada del día y se levantó al oír un repentino ruido.

—¿Todo bien? —Lorenzo la contemplaba desde la puerta.

—Sí —ella sonrió—. Por supuesto. He tenido una mañana ocupada, pero creo que ya lo tengo todo organizado, incluyendo los detalles de la actuación para recaudar fondos mañana en el bar.

—Estupendo —él pareció dudar.

Y ella esperó.

Pero Lorenzo permaneció callado. Debía ser cierto eso de que a los hombres no les gustaba hablar de ello. Bueno, pues a ella tampoco. ¿Qué sentido tenía? Ya lo habían hecho. No iba a morirse de pena por él, procuraría llevar una relación amistosa y profesional.

—Enseguida termino —le ofreció una sonrisa, pero sin pasarse—. A partir de ahora trabajaré solo a tiempo parcial, tal y como habíamos hablado.

Esperaba que Lorenzo se marchara corriendo, pero él optó por entrar en el despacho. Sophy miró por la ventana para no tener que mirar a su jefe.

—Los vándalos han vuelto —observó. El grafiti, enorme e impresionante, volvía a ocupar su lugar—. ¿No les oíste? Para hacer eso ha debido hacer falta más que un crío con un aerosol.

—Tengo un sueño muy profundo —contestó él secamente.

—Qué pena que lo tengas que volver a tapar —ella se removió inquieta ante el cariz que tomaba la conversación.

—Lo dejaré unos días —Lorenzo se encogió de hombros.

—Me parece justo —a Sophy le gustó la idea. Le gustaban los colores que cubrían la valla.

Apagó el ordenador y recogió el bolso. Decididamente era hora de irse.

Lorenzo se apoyó contra el marco de la ventana. Esa mujer era la eficiencia personificada. Le acababa de archivar como si fuera una de sus carpetas, tachándolo de la lista de quehaceres y pasando a otra cosa.

Y no debería importarle en absoluto.

Y no lo hacía. Pero su pene se empeñaba en complicar las cosas poniéndose en alerta cada vez que avanzaba por ese pasillo, antes siquiera de haberla visto. El deseo le roía las entrañas y le había impedido dormir la noche anterior.

La inquietud lo había llevado a salir al patio, protegido por la oscuridad, donde podía crear. A pesar de tratarse de su propiedad, le seguía excitando, y le ayudaba a aliviar la ira que albergaba en su interior desde que tenía recuerdos. Dejar su huella. Estaba allí y nadie podría deshacerse de él por mucho que quisieran.

Una carcajada había escapado de sus labios mientras pintaba la valla. ¿Qué haría Sophy si supiera que era él el grafitero? Le había dedicado horas, pero no había conseguido sentirse mejor, ni tampoco después de correr ocho kilómetros. Seguía frustrado.

Pero había encontrado algo que le proporcionaba un dulce respiro del viejo tormento.

Sophy.

Desgraciadamente, también era la causa de la mitad de sus problemas. Simplemente por estar ahí, con su aspecto inmaculado e impecables modales, hacía regresar los viejos sentimientos.

–Vendrás mañana a la gala benéfica ¿verdad? –preguntó en tono desinteresado.

–¿Es necesario que vaya?

–Sí –por supuesto que lo era–. Estaría bien tenerte a mano para asegurarnos de que todo lo referente a la información vaya bien.

Se lo había inventado todo. No había nada de información que dar en la gala.

–Allí estaré –Sophy se paró en la puerta y lo miró con una irritante sonrisita en los labios–. Supongo que podré ir acompañada.

–Por supuesto –todos los músculos del cuerpo de Lorenzo se tensaron. ¿Tenía una cita?

Rosanna regresó el sábado por la tarde y Sophy le concedió una hora para descansar mientras ella hojeaba una revista.

–Esta noche saldrás conmigo.

–Y quieres que te acompañe porque…

–Porque necesito tu apoyo.

–¿Qué ha pasado? –Rosanna le arrancó la revista de las manos.

–Nada, pero no me apetece ir sola a un bar abarrotado de gente.

–¿Qué bar?

–El Wildfire. Abrió esta semana y esta noche Fundación Silbido organiza allí una gala benéfica. Tengo que ir, pero no quiero ir sola.

–¿Qué tal está nuestro tiburón favorito?

–Apenas lo veo –Sophy se encogió de hombros–. Está muy ocupado. Es quien financia el bar.

–Enviaré un mensaje a los chicos. Podría ser divertido, y es por una buena causa –Rosanna se puso en movimiento–. Será mejor que busquemos algo decente que ponernos.

Sophy sonrió. No había manera de mantener a Rosanna alejada de una fiesta.

–No pienso ponerme esto –dos horas más tarde, contemplaba su reflejo en el espejo.

–¿Por qué no? Estás impresionante.

Vestida con las mallas negras de satén preferidas de Rosanna y un minúsculo top, Sophy parecía Catwoman.

–Esto es más propio de ti.

–Quédate con los pantalones y cambia de top –su amiga la analizaba detenidamente.

Sophy rebuscó en el armario y encontró uno de sus bonitos tops de seda, de los que colgaban en lugar de ajustarse. Por último, eligió uno de sus collares.

–¿Me prestas uno? –Rosanna apareció en su habitación.

–Por supuesto.

***

El bar estaba abarrotado cuando llegaron. La gala era informal y el beneficio se obtendría de la venta de las entradas. Realmente, no había motivo para que ella estuviera allí.

El bar había tenido éxito desde el primer día. Lorenzo parecía tener el toque de Midas. Sabía dónde invertir.

Sophy condujo a Rosanna hasta la barra y pidieron un par de cócteles. Rosanna se volvió hacia el concurrido salón.

—Tiene buena pinta.

Sophy asintió mientras intentaba no mirar hacia ningún lugar en concreto.

—¡Madre mía! —su amiga suspiró.

—¿Qué?

—Acabo de ver a Lorenzo.

—Oh.

—Y acabo de ver cómo te mira —Rosanna se volvió hacia Sophy.

—¿En serio? —Sophy tenía las mejillas en llamas.

—Gatita, te van a zampar de un bocado —rio su amiga—. Qué suerte tienes.

—Creo que el *jet lag* te está afectando —murmuró ella llevándose la copa a los labios.

—¿No vas a presentarme a tu cita, Sophy?

—Pues claro —Sophy hizo acopio de su saber estar—. Te presento a mi amiga especial, Rosanna. Rosanna, este es Lorenzo.

—Es un placer —Lorenzo ronroneaba como el gato

que acababa de conseguir un plato de leche, y también al pájaro–. Vance también quiere saludarte. Es mi socio y gerente del bar.

Lorenzo se pegó a Sophy para dejarle sitio a Vance. Rosanna se puso rígida.

–Hola, Vance –Sophy sonrió, rompiendo el tenso silencio.

Pero el recién llegado no la miraba a ella. Tenía los ojos clavados en Rosanna, que lo fulminaba con la mirada. Parecían dos viejos enemigos.

–¿No eres demasiado viejo para seguir vistiendo como un punk con monopatín?

–¿Y tú no eres demasiado vieja para seguir sufriendo desórdenes alimenticios? –contestó Vance con frialdad.

Sophy los miraba boquiabierta. Rosanna era, desde luego, muy delgada, y muy elegante, pero no estaba enferma. Al menos no creía que lo estuviera. Y ese hombre no era su tipo, le gustaban igual de elegantes que ella, sofisticados.

–¿Ya os conocíais? –se aventuró Sophy a pesar de lo obvio de la respuesta. No era normal intercambiar insultos al poco de conocerse.

–Nos conocimos hace unos años –Rosanna no apartó la mirada del hombre.

–Vamos a bailar, Sophy –Lorenzo le tomó una mano y la arrastró a pesar de sus protestas.

–Oye, que apenas había probado mi copa.

–Luego te pido otra.

–¿Crees que estarán bien? –Sophy se paró en seco y se volvió hacia su amiga–. Parecen a punto de matarse.

–Creo que se las arreglarán. Son adultos.

–Ella no es tan fuerte como pretende aparentar.

–Estará bien –Lorenzo rio–. Olvídalo.

–Es mi amiga –desde luego que no iba a olvidarlo.

–Concédeme cinco minutos –Lorenzo la miró fijamente–. ¿O es que no quieres bailar conmigo?

–Me gusta bailar –contestó ella con frialdad a pesar del alocado galope de su corazón.

–Muy bien.

La música sonaba muy fuerte y tenían que estar muy pegados para oírse. Sophy optó por el silencio, aunque Lorenzo seguía estando demasiado cerca. Casi no podía soportar cómo se movía con tanta elegancia a pesar de su envergadura.

El corazón de Sophy latía con excesiva rapidez para el ritmo de la música. Era incapaz de relajarse e intentó no mirarlo siquiera, hasta que él la agarró del brazo y la atrajo hacia sí.

–Estás enfadada conmigo por el modo en que me marché –murmuró en su oído.

–No es verdad –ella sacudió la cabeza y lo miró furiosa–. Me alegra que lo hicieras.

–¿En serio? –los ojos negros reflejaban una profunda ira.

–Nos evitaste una situación incómoda.

–¿Y ahora mismo no te sientes incómoda?

–No –Sophy se negaba a admitirlo–, pero me duelen los pies y ya he bailado bastante, gracias. De todos modos, esta noche no me necesitas para nada ¿verdad? Me refiero para la fundación.

–No –la respuesta de Lorenzo fue gélida. Apartándola, se marchó de su lado.

Sophy estaba furiosa. ¿Qué pretendía? ¿La quería rendida y desesperada a sus pies?

Eso jamás.

Regresó a la barra donde Rosanna seguía, sola, con un cóctel nuevo en la mano.

–¿Por qué no te lo haces con él y acabas de una vez? –preguntó su amiga como si fuera lo más lógico del mundo–. La tensión entre vosotros es tremenda.

Sophy no se molestó en informarle de que ya se lo había hecho y que, en lugar de hacer desaparecer la tensión, lo había empeorado todo.

–No te valoras lo suficiente –continuaba Rosanna–, y por eso los demás tampoco lo hacen.

–¿Y qué pasa contigo y con ese Vance? –preguntó ella en un intento de cambiar de tema–. Fuiste muy descortés, incluso para lo que tú acostumbras.

–Un asunto inacabado –Rosanna se encogió de hombros.

–Ya he tenido bastante. Me voy a casa. ¿Vienes?

–No –su amiga lucía una mirada depredadora–. Voy a terminar ese asunto. Esta noche.

–¿Estás segura? –a ella no le pareció una buena idea. Rosanna nunca permitía que sus emociones se traslucieran, pero en ese instante estaban a flor de piel.

–Del todo.

Sophy no sabía si quedarse y convencer a su amiga. Sintió una presencia a su espalda y se volvió. Lorenzo la miraba distante, a pesar de lo cerca que estaba. Era evidente que había escuchado la conversación.

–¿Te llevo? –preguntó.

–Puedo pedir un taxi.

–No hace falta. Te llevaré a casa.

–¿No te quedas?

–Es evidente que no.

–Estupendo –sería pueril negarse y ella era capaz de manejar la situación–. Gracias.

Juntos, salieron del bar.

–Ha sido todo un éxito –observó ella por decir algo.

–Sí. Vance tiene buen ojo.

Pero había sido Lorenzo el que le había respaldado económicamente cuando los bancos se habían negado a ayudarle.

–Me pregunto de qué le conoce Rosanna.

–Tendrás que preguntárselo a ella.

Sophy optó por dejar de hablar y se dedicó a observarle conducir. El potente motor ronroneaba a sus órdenes, respondiendo de inmediato. Igual que había hecho ella. Sophy rompió a sudar de nuevo. Aún lo deseaba, pero no iba a cometer el error de proponérselo de nuevo, arriesgarse a ser rechazada. El coche se detuvo frente a la casa de Rosanna y ella se desabrochó el cinturón y abrió la puerta. Cuanto antes se alejara de él, más probabilidades tenía de conservar una parte de su dignidad intacta. Pero su esmerada educación le obligó a agacharse y asomarse al interior del coche.

–Gracias por traerme.

–No hay de qué –él la taladró con la mirada.

¿Por qué estaba tan enfadado con ella? Cerró la puerta del coche con fuerza.

Lorenzo soltó un juramento mientras esperaba a que ella entrara por la puerta. ¿Qué demonios le pasaba? Esa mujer había dejado bien claro que no quería ser molestada, que su noche de pasión había pasado. ¿Y no era eso lo que deseaba él también?

Capítulo Siete

Rosanna no regresó en toda la noche, aunque sí envió un mensaje por la mañana.

El domingo, Sophy no salió de su casa, pero el lunes llegó, como de costumbre, con diez minutos de adelanto al trabajo.

Oyó las voces antes de llegar al despacho. La chica era muy guapa y ya estaba sentada ante el escritorio de Sophy. Kat le explicaba cómo funcionaba el ordenador.

–Hola –Sophy sonrió, el paradigma de los buenos modales.

–Hola, Sophy –Kat se volvió hacia ella–. Te presento a Jemma, ha venido a ayudarte.

Sí, claro, a ayudarla, como si necesitara ayuda. Como si necesitara una bonita muñeca para hacer su trabajo. ¡Por favor! ¿Después de haberse dedicado toda una semana en cuerpo y alma a organizarlo todo? Pero, dado que el trabajo estaba hecho, ya no era necesaria.

Dado que se había acostado con ella, no la quería ver cerca.

Los celos y el resentimiento se le acumularon en el interior.

–¿Te importa continuar explicándoselo tú? –consiguió preguntar.

Kat asintió.

–Estupendo –ella ya no era necesaria–. Tengo que ver a Lorenzo.

–Está por aquí –Kat volvió a asentir–. Lo he visto antes.

Sophy recorrió los escasos metros que la separaban de su despacho. Vacío. Comprobó los demás despachos, pero no encontró a Lorenzo.

Tampoco estaba en el patio. Lo encontró en el almacén de vinos, inclinado sobre un palé de botellas preparadas para enviar. Se irguió y la observó mientras se acercaba a él.

–Has contratado a una eventual.

–Sí.

–Creía que la idea era no disgustar a Cara contratando a una eventual sin idea de nada –ese había sido el argumento principal de Lorenzo–. ¿Tienes idea de lo mucho que he trabajado?

–Lo sé. Un crío de cinco años sería capaz de comprender el sistema de archivos que has instaurado. Ahora es el momento perfecto para una eventual.

–Querrás decir que es el momento perfecto para deshacerte de mí.

–¿Por qué estás tan enfadada? –Lorenzo se acercó a ella–. Yo creía que tenías otras cosas que te apetecía más hacer.

–Ya no quieres verme más por aquí. Te avergüenzas. Eres tú el que se siente incómodo.

–Esa no es la razón por la que he contratado a una eventual.

–Lo que te pasa es que no puedes con ello. Cualquier cosa remotamente personal que suceda en tu vida, te supera.

–Lo que pasó entre nosotros no tiene nada que ver con su presencia aquí.

–Mentira, Lorenzo. Al menos sé sincero y admítelo. Quieres que desaparezca.

–En realidad es todo lo contrario –él soltó un juramento–. Ven conmigo.

Puesto que la tenía fuertemente agarrada por la muñeca, Sophy no tuvo mucha elección.

La arrastró fuera del almacén y la llevó escalera arriba hasta una habitación vacía al fondo del pasillo.

Allí la soltó y cerró la puerta de un portazo, volviéndose hacia ella con los brazos extendidos.

–Este es el motivo.

–No te sigo –Sophy miró a su alrededor. La estancia estaba vacía, salvo por una mesa en el centro y varias sillas a su alrededor.

–Puedes instalarte aquí –visiblemente furioso, Lorenzo se lo explicó–. Trabajar el resto del día, parte de la noche si así lo deseas. Terminar las joyas a tiempo para la exposición.

–Estás de broma –ella lo miró fijamente.

–No –él le dio la espalda para que no pudiera ver su expresión–. No soy de gran utilidad, pero si necesitas alguna herramienta o algo, te puedo ayudar. Se me ocurrió que podrías trabajar aquí por las tardes. Estarías a mano por si la eventual tuviera algún problema y a la vez tendrías tiempo para hacer tus cosas.

–¿Por qué no me dijiste nada? –más relajada, el enfado fue sustituido por una nueva sospecha.

–Se suponía que era una sorpresa.

–¿Y para qué querías darme una sorpresa? –ella parpadeó perpleja.

84

–No lo sé –Lorenzo desvió la mirada.

Sophy aguardó.

–Has hecho mucho por la fundación –murmuró él al fin–. Pensé que sería un modo de agradecértelo.

¿Eso era todo? No lo creía. Sophy invadió su espacio personal, el corazón acelerado aunque intentaba guardar la compostura.

Lorenzo se tensó, aunque no se apartó.

–¿Querías hacer algo bonito por mí, Lorenzo?

Él desvió la mirada sin responder.

Sophy sonrió y dio otro paso al frente, y luego otro más.

–¿Qué haces? –él la agarró por los brazos.

–Quería darte las gracias –susurró ella con fingido aire de inocencia.

La mirada negra se posó en los dulces labios y las manos apretaron con más fuerza.

Bingo.

Aún la deseaba.

Y obtendría lo que deseaba.

Pero aún no.

Sophy se puso de puntillas y le rozó la barbilla con sus labios, demasiado cerca de su boca para ser un beso platónico. También lo prolongó en exceso.

–Gracias, Lorenzo –susurró.

–Sophy –Lorenzo la sujetaba con fuerza, impidiéndole apartarse.

Había sonado en parte a advertencia, en parte a ¿qué? Al parecer el susurro había funcionado.

–Hueles bien –él suspiró.

–¿En serio?

–Huelo a ti por todas partes –Lorenzo asintió.

–Es un champú barato. Todo el mundo lo usa.

–No –él rio–. Eres tú. Además, tú no utilizas un champú barato.

Las palabras le resultaron tan agradables, que Sophy se apoyó un poco más contra él.

–Si, y solo si, volvemos a hacerlo, nadie deberá saberlo.

–¿Nuestro pequeño secreto? –sorprendida, ella se retiró lo justo para poder mirarlo a la cara.

–No me gustan los cotilleos. Nadie debe saberlo.

–De modo que durante el día mantenemos una relación profesional y por la noche nos reunimos para disfrutar de un sexo rabioso. ¿Es así?

El cuerpo de Lorenzo se tensó.

Llena de confianza, Sophy se acercó un poco más.

–Vamos a dejar otra cosa clara, Lorenzo. Si, y solo si, volvemos a hacerlo, será más de una noche.

Él tragó nervioso.

–No pararemos hasta haber terminado –continuó ella con calma. Necesitaba arrancárselo.

–Porque se terminará.

–Por supuesto –Sophy asintió. Entre ellos existía una fuerte atracción física, pero nada más.

Iba a terminar las joyas para la exposición y luego se marcharía. Una semana debería bastar.

–¿Trato hecho?

–Sube conmigo –Lorenzo asintió, sus manos deslizándose ya por debajo de la ropa de Sophy.

–Yo creía que no te gustaba practicar el sexo aquí.

–He cambiado de idea.

–¿Qué pasa con Kat? –ella posó una mano sobre la ardiente mejilla de Lorenzo–. ¿Y Jemma y los demás?

–Sophy… –con expresión atormentada, Lorenzo cerró los ojos.

–Te deseo –Sophy lo besó y sintió que la abrazaba con más fuerza.

La tensión pareció disminuir del cuerpo de Lorenzo y las caricias se hicieron más suaves. Había bastado con un simple beso. Sorprendente. Quizás sí podían subir un ratito.

El teléfono de Sophy sonó.

–Tengo que contestar –murmuró ella.

–Por supuesto –Lorenzo la miró con amargura.

–Aquí Sophy –contestó Sophy tras rebuscar en el bolso hasta encontrar el teléfono.

Bajo la atenta mirada de Lorenzo, sonrió abiertamente.

–Hola, Ted ¿qué tal? –ella se giró mientras escuchaba–. ¿Y necesitas que yo lo recoja? Claro, no hay problema. Dime la dirección –volvió a hundir la mano en el bolso en busca de un bolígrafo. Repitió la dirección. Dos minutos más tarde, colgó la llamada, perpleja. Lorenzo se había marchado.

Al regresar a su despacho, descubrió que Kat había dejado a Jemma para que se las apañara.

–Qué bien que estés aquí –Sophy sonrió.

Sin embargo, la atención de Jemma estaba fija en la ventana de la que provenía un sonido de golpeteo.

Sophy no necesitaba mirar para saber de qué se trataba, pero miró de todos modos. Lorenzo estaba botando el balón. Pues que no esperara que ella corriera tras él.

***

No vio a Lorenzo el resto del día, y no esperaba verlo hasta el día siguiente. Pero tampoco se sorprendió al oír el timbre de su puerta.

–¿Has comido? –preguntó ella a modo de saludo.

–No he venido por eso –él estaba apoyado en el quicio de la puerta.

–¿No? –Sophy se apoyó contra el lado opuesto de la puerta–. Entonces ¿qué haces aquí?

–No juegues conmigo –Lorenzo la fulminó con la mirada.

–Será mejor que entres.

Lorenzo cruzó el umbral y se detuvo al ver a la sílfide vestida de negro al otro lado del pasillo.

–Lorenzo, ya conoces a Rosanna de la otra noche. Rosanna, te presento a Lorenzo, mi jefe.

El ceño fruncido de Lorenzo se acentuó todavía más.

–Me voy, cariño –Rosanna avanzó tirando de una maleta con ruedas–. Volveré en un par de días. Sé buena –se despidió con una sonrisa traviesa.

–Tú también –respondió Sophy–. Es muy discreta –le aclaró a Lorenzo tras cerrar la puerta–. No dirá nada.

–No soy tu jefe –Lorenzo se volvió hacia ella.

–Sí lo eres –¿era ese el problema?

–No realmente.

Sophy sabía a qué se refería. La suya no era la típica relación laboral. Lo cierto era que le estaba haciendo un favor trabajando para la fundación.

–Te diré una cosa –sugirió ella–. Tú me dejas ser el jefe en el dormitorio. Así las fuerzas estarán equilibradas.

–Jamás.

–Pero es mi dormitorio.

Lorenzo sacudió la cabeza.

–Pues a ver cómo te las arreglas… jefe –lo desafió Sophy, consciente de que no tenía ninguna posibilidad de ganar.

Soltando una carcajada, corrió hacia su dormitorio.

Lorenzo la alcanzó antes de que llegara y se transformó en un auténtico cavernícola.

Los días no podían transcurrir con mayor lentitud. Algunas noches, lo encontraba esperando ante la puerta de su casa cuando regresaba del trabajo, pero jamás le sugería que se marcharan juntos de la oficina.

Tras saciar el deseo, ella se volvía hacia él y le hablaba de todo, y de nada, jamás de algo personal. Sophy no quería hablar de su familia y tenía la sensación de que él tampoco quería hacerlo de la suya. Pero una noche se armó de valor y centró la conversación en él.

–¿Por qué llamar Silbido a una fundación?

–Porque cuando necesitas ayuda, silbas.

–También silbas cuando tienes miedo, para que se te pase.

–Sí, y cuando haces algo que no debes y tu colega está vigilando por si viene alguien.

–¿Y eso te ha sucedido muy a menudo? –ella rio.

–Continuamente –Lorenzo sonrió.

–También silbas cuando ves a una mujer guapa.

–Ni hablar –él adoptó un gesto fingidamente serio. Ella se tumbó boca abajo.

–¿Ha habido muchas, Lorenzo?

–¿Estás segura de querer mantener esta conversación?

La frialdad de Lorenzo era palpable. ¿Por qué no podían hablar de sus pasados? ¿Por qué no reírse de los errores cometidos? ¿Por qué no le permitía conocer nada sobre él? Sabía que su infancia no había sido fácil, pero había conseguido estudiar en un colegio de élite y para eso hacía falta alguien dispuesto a pagar mucho dinero. Y había alcanzado un éxito increíble.

–¿Por qué no? Háblame de la primera, y de la peor. Yo haré lo mismo.

–Nos vemos para un revolcón ocasional, pero eso no significa que vayamos a contarnos nuestras intimidades.

Sophy dio un respingo. Verse todas las noches no era ocasional. ¡Menudo idiota!

–Estás un poco quisquilloso ¿no? –insistió ella de mal humor–. ¿Qué pasó? ¿Te enamoraste y ella te rechazó porque no te consideraba suficientemente bueno? El chico pobre de la otra orilla –cada palabra estaba cargada de sarcasmo.

–En realidad, la rechacé yo a ella.

–Por supuesto, qué tonta –asintió Sophy–. Es lo que te gusta hacer ¿verdad? ¿Y por qué lo hiciste? ¿Te pedía demasiado?

Lorenzo se sentó en la cama y le dio la espalda.

–¡Pobre Lorenzo! ¿Quería un compromiso emocional? ¿Apoyo, sinceridad, amor?

–Nada tan terrible –negó él–. Simplemente ya no me excitaba.

Sophy parpadeó. Era una advertencia en toda regla. Saltando de la cama se puso una camisa.

–Tengo mucho trabajo –dirigió la mirada hacia la mesa cubierta de diseños y piezas a medio terminar. Piezas que no sabía si iba a incluir en la exposición, pero él no necesitaba saberlo.

–¿Quieres que me marche? –Lorenzo miró la mesa y luego a ella.

–Rosanna ha vuelto –ella se encogió de hombros–. Vendrá a casa en cualquier momento.

–Y no quieres que oiga lo fuerte que gritas cuando te hago llegar.

–No sería capaz de llegar con alguien en la habitación de al lado –Sophy se sonrojó, aunque se lo tenía merecido y lo sabía.

–¡Por favor! –exclamó él con sarcasmo mientras se vestía.

Estaba enfadado, su lenguaje corporal le delataba. Bueno, pues ella también lo estaba.

Ni siquiera se molestó en darle un beso de despedida, limitándose a salir de la habitación. Sophy fue al salón y lo vio correr hacia el coche. Sin embargo, para su sorpresa, no abrió la puerta, siguió corriendo cada vez a mayor ritmo. Pegada a la ventana, lo vio regresar cuarenta minutos después, la camiseta empapada de sudor. Sin dirigir siquiera una mirada a la casa, se sentó en el coche y arrancó.

Sophy solía dedicar una hora cada mañana a Jemma para asegurarse de que la chica lo tuviera todo claro. Después se dirigía a su taller, desanimada al comprobar todo el trabajo que aún le quedaba por hacer. Además, había perdido la confianza y nada le parecía suficientemente bueno para la exposición. Iba a hacer el ridículo. El móvil sonó.

–Claro, enseguida voy.

Se encontró con él en la escalera.

–¿Adónde vas? –Lorenzo estaba visiblemente contrariado.

–Le prometí a mi madre reunirme con ella a la hora de la comida para ayudarla con una cosa.

–Se supone que deberías estar dedicada a las joyas. Todavía te quedan varias piezas sin terminar.

–Lo sé –asintió ella mientras se preguntaba cómo sabía él todo eso–. Pero se lo prometí.

Lorenzo parecía más enfadado que la noche anterior. Alargó los brazos hacia la barandilla, bloqueándole el paso.

–Pero solo tienes una semana.

–Trabajaré después.

–No quieres hacerlo ¿verdad? –Lorenzo entornó los ojos–. La exposición.

–¿Cómo? Claro que quiero.

–Si así fuera, sería tu prioridad.

–En mi vida hay cosas que tienen más prioridad que el trabajo, Lorenzo. Por ejemplo, la gente –lo que no podía decirse de él. Lorenzo vivía solo para y por el trabajo–. Mi madre me ha pedido ayuda y estoy encantada de ayudarla.

–Debería pedírselo a otra persona. Tu problema es que no sabes negarte.

–¿Y eso es malo? –ella lo miró furiosa.

–Lo es cuando te impide hacer realidad tus sueños.

–Te repito, Lorenzo, que para mí las personas van primero.

–¿Y tú no eres una persona? ¿No eres tan válida como la que más? Si les explicaras lo ocupada que estás, buscarían ayuda en otra parte. Quizás una ayudante asalariada.

Sophy se puso rígida y él entornó los ojos al comprender.

–Ella no sabe nada ¿verdad?

–Cuanto antes la ayude, antes podré volver.

–Pero ayer por la tarde también te marchaste, y durante tres horas.

¿Acaso la estaba vigilando?

–No puedes dejar escapar esta oportunidad, Sophy. Tu obra es demasiado buena.

Sophy ya se sentía bastante presionada sin necesidad de escuchar comentarios tan dulces.

–De verdad tengo que marcharme, Lorenzo –ella intentó reanudar su camino–. Y no es asunto tuyo –si él no quería abrirse ¿por qué iba ella a contarle su vida?

–Sophy –susurró Lorenzo mientras tomaba sus labios–. Date prisa.

Capítulo Ocho

–Sophy ¿podrías venir conmigo, por favor? –Lorenzo la abordó en cuanto entró en el edificio.

–Por supuesto.

¿Estaba enfadado con ella? La tarde anterior no había regresado al trabajo. Su hermana había aparecido y la reunión con su madre se había alargado hasta la noche. Ya en casa había esperado, pero Lorenzo no había aparecido ni enviado ningún mensaje. Era la primera noche sin sexo de toda la semana y, curiosamente, había dormido menos horas que ninguna otra.

Lorenzo la condujo fuera del edificio y la llevó hasta el coche.

–¿Adónde vamos? –ella se abrochó el cinturón.

–Ya lo verás –él puso la radio a todo volumen.

–La noche bien –gritó ella por encima de la música, solo por fastidiarle. ¿No quería tocar temas personales? Pues se iba a enterar–. Una cena estupenda con mis padres, Victoria y Ted. Este fin de semana es el cumpleaños de mi sobrina y lo celebramos antes.

Lorenzo la miró de reojo, pero no abrió la boca.

Dado que no le gustaba hablar sola, Sophy terminó por callarse.

–Lorenzo, estamos en el aeropuerto –de repente, se irguió en el asiento del coche.

–Y llegamos justo a tiempo.

–¿Adónde vamos? –¿a tiempo para qué?

–¿Nunca te has subido a un avión sin conocer el destino?

Ella sacudió la cabeza.

–Pues esta es tu oportunidad.

–Lorenzo…

–¿Nunca te has arriesgado? ¿Nunca has hecho algo por impulso?

–A lo mejor –contestó Sophy con cautela. En una ocasión le había retado al baloncesto.

–¿Qué vas a hacer, Sophy? –Lorenzo aparcó el coche–. ¿Jugar sobre seguro o probar el lado salvaje? Vivir una aventura.

–¿Cómo de salvaje es la aventura?

–Es totalmente legal –él puso los ojos en blanco–. No te hagas ilusiones o te defraudará.

Sophy no lo creía posible. Una aventura propuesta por Lorenzo no podía defraudar.

–¿Vienes o qué? –él se bajó del coche.

¡Como si pudiera negarse! Lorenzo sacó una maleta de aspecto muy pesado del maletero y se dirigió a facturación.

–Volveremos esta noche ¿verdad? –sería mejor aclararlo.

–No.

–¿Cuándo entonces?

–El domingo.

–Lorenzo, no puedo. Le prometí a mi hermano ocuparme de los pasteles para mi sobrina.

–¿Los ibas a preparar tú?

–Tampoco es tan complicado –ella se mordisqueó el labio–. Cuentan conmigo.

–¿Tienes que asistir a esa fiesta?

–No, es para sus amiguitos. Yo solo preparo los dulces. A mi sobrina le gusta mi glaseado.

–Otra persona puede preparar el glaseado.

En su familia no había nadie más que supiera de repostería.

–Encárgalos en una pastelería y que los lleven –insistió Lorenzo.

Por supuesto, tenía razón. Sería lo más sencillo.

–Hay muy poco tiempo ya.

–Si les pagas el doble lo harán.

–¿Así consigues lo que quieres? –ella rio–. ¿Pagando?

–Contigo no funcionaría. Tengo que buscar alternativas –Lorenzo sonrió–, como el secuestro.

Sophy siguió mordisqueándose el labio. La tentación era enorme.

–Haz una llamada –él la miró de reojo–. ¿Qué más tenías programado para el fin de semana?

–Unas cuantas cosas –Sophy consultó la agenda de su móvil–. ¿Qué voy a decirles?

–La verdad.

–No quiero.

–¿No quieres explicarles que te vas a pasar un obsceno fin de semana?

–Era nuestro secreto ¿recuerdas? –ante eso, no dudó.

Y sin embargo, hizo las llamadas.

Tras guardar el móvil, su mente práctica le proporcionó toda una serie de nuevos problemas.

–¿Y ahora qué pasa? –Lorenzo le tomó la barbilla y le levantó el rostro.

—No he traído ropa.

—No te va a hacer falta.

—¿Vamos a alguna colonia nudista? Impresionante —Sophy pretendía sonar sarcástica, aunque por dentro ardía de expectación—. ¿Tampoco les molestan los dientes sucios?

—Hay tiendas —él rio—. Podremos comprarte un cepillo de dientes.

—Fabuloso.

El vuelo a Christchurch duró poco más de una hora. Tras acomodarse en el coche de alquiler, se dirigieron fuera de la ciudad.

—¿Adónde vamos?

—Ya lo verás. Te lo dije.

Unos cuarenta minutos después, los interminables viñedos le dieron la pista definitiva. Waipara.

—¿Vamos a quedarnos en el viñedo?

—No —Lorenzo continuó conduciendo.

Pasó una hora más bordeando ríos y plantaciones de la extraña col caballar y al fin llegaron a Hammer Springs, una bonita ciudad balneario. Lorenzo aminoró la marcha del coche.

—Mira, ahí tienes una tienda de ropa de baño —señaló—. Voto por el del estampado de leopardo. Y a la derecha, un pequeño supermercado con pasta de dientes y otros artículos imprescindibles —indicó con una mano—. Y la mejor pastelería del país.

—Todo lo que una pueda necesitar —Sophy rio.

—Eso es. Tengo que regresar a Waipara —él se detuvo frente a una casa—. Tú te alojas aquí.

Sophy bajó perpleja del coche. ¿La iba a dejar allí sola? Se acercó lentamente hasta la entrada. ¿No iba a ser un fin de semana obsceno? Ya en el interior, vio que Lorenzo había abierto la enorme maleta. En su interior estaba el material y herramientas que necesitaba para sus joyas.

–No voy a permitir que desperdicies esta oportunidad, Sophy –Lorenzo le puso las manos en los hombros–. Ni siquiera por disfrutar de buen sexo conmigo.

–Lorenzo…

–Pásame tu teléfono –él extendió una mano.

Ella obedeció.

–Ya no tienes ninguna excusa –Lorenzo apagó el móvil y se lo guardó en el bolsillo–. Tienes que terminarlas –la expresión se le suavizó–. Te he reservado hora en el spa a las cuatro de la tarde.

–¿En serio? –Sophy se empezó a sentir más animada.

–Sí –los ojos negros brillaban–. Hasta entonces te dedicarás a trabajar y nada más. ¿Trato hecho?

–De acuerdo.

–Puesto que me llevo el coche, tendrás que ir andando al spa.

–No pasa nada –ella asintió–. Gracias.

Sin embargo, sintió una punzada de desilusión, pues lo deseaba a él, y Lorenzo lo había utilizado para engañarla. Había dejado libre todo el fin de semana para estar con él, pero lo único que tenía que hacer era terminar las piezas de joyería.

Algún día se lo agradecería.

–Recuerda, solo trabajo –Lorenzo la besó y se apartó con un gruñido de frustración.

–¿Volverás más tarde? –gritó Sophy al verlo subir al coche.

–Cuenta con ello.

Sophy volvió a entrar en la casa. Disponía de toda la tarde. No tenía teléfono ni conocía a nadie. Y de repente lo sintió. Liberación. Le bastaron veinte minutos para ponerse a trabajar, sola, en silencio. El entusiasmo y su confianza regresaron. Repasó el trabajo ya concluido. Quería que todas las piezas estuvieran relacionadas, pero que a la vez cada una fuera única.

De repente se oyó un fuerte timbre. Sobresaltada, encontró el teléfono fijo.

–Si no te vas ya, llegarás tarde a la cita.

–¡Oh! –Sophy consultó la hora–. ¿Tan tarde es?

–Estabas muy concentrada ¿verdad? –Lorenzo rio.

–Sí –ella sonrió–. Gracias.

Un paseo de diez minutos colina abajo bastaba para llegar al complejo termal, pero ella decidió correr y llegó en cinco. Todavía tuvo tiempo de comprarse un traje de baño en la tienda. Pasó de largo frente al estampado de leopardo y encontró un biquini color carmesí que le recordó a los grafitis de la valla de Lorenzo. Sin probárselo, lo pagó y salió corriendo de la tienda.

En el spa se decidió por el masaje completo. Hora y media de absoluta delicia. No habría podido levantarse de la camilla aunque hubiera querido. La cabina privada incluía una pequeña piscina de agua termal y, en cuanto pudo moverse, se sumergió en las aguas verdes cargadas de minerales.

A punto de dormirse boca abajo en el agua, oyó su voz.

–¿Preparada para el masaje, señora?

–Ya he disfrutado de mi masaje, gracias –Sophy sonrió.

–Este es especial.

Ella sintió las manos de Lorenzo describir círculos sobre su espalda.

—Carmesí —murmuró él—, buena elección.

Sophy no se dio la vuelta. No podía y, además, no quería que él viera lo exigua que era la parte superior del biquini, al menos no hasta que ella se hubiera acostumbrado.

Sin embargo, no había transcurrido ni un minuto antes de que Lorenzo le empezara a quitar las braguitas levantando un pie y luego otro, y luego posándolos sobre el suelo de la piscina, de modo que sus piernas quedaran separadas. Después deslizó las manos por el interior de los muslos…

—Lorenzo —Sophy se mordió el labio, cargada de anticipación—. Aquí hay mucha gente.

—Cerré la puerta con llave.

—Pero nos oirán —protestó ella con la respiración entrecortada.

—No, te oirán a ti —rio él mientras le acariciaba el trasero—. Aunque no hace falta que llegues —añadió—. Las mujeres no experimentáis siempre un orgasmo. Y eso no quiere decir que no disfrutéis del sexo. A mí no me importará.

—Qué magnánimo —Sophy se incorporó para permitirle un mejor acceso. Menudo masaje.

—Considéralo un desafío —murmuró él—, te desafío a que no llegues.

—¡No puedo! —exclamó ella, la voz cada vez más aguda, mientras basculaba el trasero contra él.

Lorenzo le dio la vuelta. Ya estaba desnudo y le tomó el rostro entre las manos para besarla mientras se hundía en su interior. Ella gritó.

***

–¿Quién sabe lo de la exposición?

Seguían en el agua, aún sofocados.

–Solo Rosanna –contestó Sophy–. Fue ella la que me proporcionó el contacto.

–¿Por qué no quieres que lo sepa tu familia?

–Antes quiero que vean las piezas. No quiero que sean amables solo porque las he hecho yo.

–¿Te importa mucho lo que piensen?

–Claro –contestó ella–. Es mi familia.

Lorenzo permaneció en silencio.

–Quiero que estén orgullosos de mí –intentó explicarle.

–Es imposible que no lo estén ya.

Sophy sonrió. Lorenzo se equivocaba. Había defraudado a su familia.

–Yo no soy como ellos –añadió, sin explicar nada más–. Te equivocaste.

–¿Sobre qué?

–Esto no puede ser legal.

Lorenzo soltó una carcajada.

–Lo digo en serio. La sensación es demasiado buena.

–Te contaré un secreto, cielo –susurró él–. Solo sientan así de bien las cosas que están bien.

El corazón de Sophy se derritió. Levantando la cabeza, lo miró a los ojos, expectante. Pero la mirada negra se apartó de ella, junto con todo lo demás.

–Hay que irse –él salió de la piscina.

–Debes estar de broma.

101

–Un par de viticultores vienen a Hammer y saldremos a cenar.

–¿A un restaurante?

–Sí –Lorenzo abrió la ducha.

–¿Y quedará bien si voy en biquini?

–Desde luego –bajo el chorro del agua, él rio.

–¿Y qué otra cosa puedo ponerme? ¿El traje arrugado del viaje?

Lorenzo salió de la ducha y se envolvió en una toalla. Mientras ella se duchaba, lo vio abrir una mochila de la que sacó unos vaqueros que arrojó sobre la camilla para ella.

–No voy a reunirme con nadie llevando tu ropa –ella cerró la ducha.

–Sophy –él la miró–, relájate. No es un restaurante elegante.

Resultó que sí lo era, y Sophy no se sentía cómoda con los vaqueros de Lorenzo, demasiado grandes, y una camiseta comprada en la tienda del spa. Y lo peor de todo era que llevar los pantalones de Lorenzo la excitaba.

–Hola, Lorenzo. Tú debes de ser Sophy –¿les había hablado de ella?

Para su alivio, la sonriente pareja también vestía vaqueros. Lorenzo le explicó que Charlotte y Rob Wilson eran los principales suministradores de uvas de uno de sus vinos.

–¿Hace mucho que conocéis a Lorenzo? –Sophy aprovechó que los hombres estaban distraídos para indagar un poco.

–Quince años –contestó Charlotte. Solía trabajar como peón para nosotros durante la cosecha –la mujer sonrió como si le hubiera leído la mente–. Cuando era adolescente y no tenía adónde ir de vacaciones –miró fijamente a Sophy–. Más adelante, empezó a venir Alex también. También trabajó en otros viñedos, como en la propiedad de los McIntosh –la mujer sacudió la cabeza–. Nunca he conocido a nadie tan empeñado en triunfar. Y lo ha hecho.

Sí, pero ¿era feliz? Sophy presentía que había un inmenso pozo de infelicidad en ese hombre.

–Y ahora ha invertido en ese bar. A saber qué le seguirá. Es un emprendedor nato. Un genio.

–¿De qué habláis? –Lorenzo se volvió hacia ellas.

–De ti –Charlotte le sonrió–. ¿Cuándo vas a darte por satisfecho, Lorenzo?

–No me gusta aburrirme.

Aburrido ¿así se había sentido antes de abandonar a su novia? Siempre estaba ocupado, siempre buscando un proyecto nuevo. Y hacía lo mismo con las mujeres. Más le valía no olvidarlo.

–¿Sabías que Jayne McIntosh quiere vender? –intervino Rob–. Apuesto a que su padre lamenta no haberte apoyado.

–¿Te interesaría la propiedad de Jayne, Lorenzo? –preguntó Charlotte.

Lorenzo se puso rígido. ¿Quién era esa Jayne? ¿Era la McIntosh para la que había trabajado?

–No –él bebió un sorbo de vino–. No lo creo. Tenemos suficiente producción para la marca.

–Fue un estúpido por no acceder en su momento –insistió Rob.

–Hacía lo que creía mejor –Lorenzo se encogió de hombros.

–Pues se equivocó –murmuró Charlotte.

–No –el rostro de Lorenzo permaneció imperturbable–. Me hizo un favor. Me obligó a luchar más fuerte.

–Ya estabas luchando lo bastante fuerte –protestó la mujer.

Lorenzo soltó una carcajada y le apoyó una mano en el brazo a su amiga.

El coche de alquiler era espacioso y cómodo y, aunque el trayecto solo duró diez minutos, Sophy se quedó dormida antes de llegar a la casa. Lorenzo aparcó y la contempló bajo la luz de la luna y las estrellas. No solo no había ido a la peluquería, ni siquiera se lo había secado con secador, y sin embargo seguía peinada al estilo de Hollywood, como siempre. Era maravillosa, por fuera y por dentro.

Salió del coche, abrió la puerta del acompañante y la cerró con suavidad.

–Lo siento –los somnolientos ojos azules se entreabrieron.

Lorenzo la tomó de la mano y la condujo al interior de la casa.

–Has trabajado mucho –observó tras contemplar la mesa.

Una pieza llamó su atención. Era de color azul, exactamente el mismo azul de sus ojos.

–Póntelo para mí –susurró.

–Solo es bisutería –le aclaró ella–. Nada de diamantes o perlas.

–No lo necesita. Es precioso. Tienes mucho talento.

Por eso le había ofrecido el taller y le había llevado a ese bonito lugar. Pero había algo más. Había otro motivo, totalmente egoísta: tenerla para él todo el fin de semana. Sin nadie que le pidiera favores, sin interrupciones, sin llamadas. La tenía allí para satisfacer sus deseos.

Y allí mismo, en el suelo, la hizo suya, desnuda salvo por el precioso collar. Era incapaz de contenerse, de no tocarla.

A primera hora de la mañana regresó a los viñedos, aunque terminó mucho antes de lo previsto. Gran parte del trabajo podía hacerlo por teléfono y su mente estaba en otra parte. Por no hablar de su cuerpo, que se moría por recuperar el tiempo perdido.

Lorenzo se rebeló contra la creciente necesidad que sentía. ¿Dónde estaba su control? Aquello estaba mal. Había trabajado mucho para controlar sus emociones. ¿Por qué no empezaba a debilitarse la pasión? ¿Por qué crecía por momentos?

–Vamos a correr un rato.

Sophy levantó la vista cuando Lorenzo entró en el salón. La electricidad del ambiente se cargó de inmediato.

–¿Tú todo lo solucionas con ejercicio?

–Solo cuando estoy atascado con un problema, enfadado o siento… algo.

–¿Eres una persona irascible? –Sophy se preguntó qué habría motivado sus deseos de correr.

–Solía serlo.

–Cuéntamelo –quizás tuviera un motivo para estar enfadado.

–¿Qué quieres que te cuente, Sophy? –él la miró fijamente–. Yo era el saco de boxeo de mi padre. Luego fui de casa en casa de acogida. No me amoldaba.

Ella lo miró perpleja ante la repentina revelación, ante la ira oculta tras las sencillas palabras.

–Pero yo no soy como él –Lorenzo parecía incómodo–. Jamás he golpeado a una mujer, Sophy. Y jamás he golpeado a alguien que no me hubiera golpeado primero.

No había hecho falta que se lo aclarara.

–¿Y ya no te enfadas?

–Prefiero mostrarme apasionado –Lorenzo se relajó un poco.

Desde luego había aprendido a canalizar su agresividad.

–Apasionado por el ejercicio –bromeó ella.

La biografía publicada sobre ese hombre era muy escueta, pero ella había visto su trabajo en la fundación, destinado a los menos privilegiados, a los niños en riesgo de exclusión. Se identificaba con ellos porque había sido uno de ellos.

–¿Te metías en líos?

–Desde luego.

–¿Qué cosas hacías?

Él no contestó.

–¿Cómo eran de malas?

–Unas cuantas estupideces –Lorenzo eludió la pregunta–. El colegio era bueno.

–¿Qué clase de estupideces? ¿Grafitis?

–¿Te diste cuenta? –él sonrió abiertamente.

–Hay cámaras de seguridad y tú mismo vives allí. Y esa enorme obra de arte aparece de la noche a la mañana. Jamás habrías permitido algo así.

–Me has pillado –Lorenzo se encogió de hombros.

–Eres muy bueno. ¿Utilizas aerosoles?

–Pero ahora limpio mis pintadas –él asintió–. Y solo pinto en mi propiedad.

–¿Qué más?

–No –Lorenzo sacudió la cabeza–. Si vamos a jugar a las preguntas, te toca a ti responder.

–De acuerdo –ella rio nerviosa–. ¿Qué quieres saber?

–Antiguos novios.

–¡No! ¿En serio?

–Sí –él asintió con los ojos brillantes.

–En el instituto salí con un par de chicos, pero solo fui en serio con uno, en la universidad.

–¿Cómo de serio?

–Nos prometimos.

–¿Qué pasó?

–Cambié de idea.

–No me pareces la clase de persona que rompe un compromiso fácilmente.

–No fue fácil. Me marché del país.

–¿Adónde fuiste?

–Estuve en Francia casi todo el tiempo.

–¿Por qué regresaste?

–Echaba de menos a mi familia –ella se encogió de hombros–. Qué tontería ¿verdad?

–No es ninguna tontería –Lorenzo sacó la ropa de deporte del bolso–. ¿Qué estudiaste?

Ella lo miró sobresaltada. Derecho, por supuesto, aunque carecía de la brillantez de la familia.

–No terminé.

–Yo lo dejé para montar mi negocio. ¿Por qué lo dejaste tú?

–Ese chico –Sophy tragó nerviosa–. Mal asunto.

–¿Qué hizo?

La engañó, por supuesto. Estudiaba derecho, unos cursos por delante de ella. Pero solo le interesaba Sophy por el prestigioso apellido.

–Hace rato que te toca responder a ti. ¿Antiguas novias?

–Ninguna relación, Sophy ¿no lo recuerdas? –él se agachó para atarse las zapatillas.

–¿Y qué hay de Jayne McIntosh?

–¿Qué te contó Charlotte?

Casi nada. Había sido una suposición. Lo mismo que la pregunta que siguió.

–No es cierto que ya no te excitara ¿verdad?

–Nunca me gustó este juego –él se irguió.

–¿Qué pasó?

–Nada importante –espetó Lorenzo–. Me interesa más el presente, ni el pasado ni el futuro.

–¿Y qué está pasando ahora?

–Vamos a salir a correr –se limitó a contestar él.

Compraron zapatillas para correr y algo de ropa en una tienda y salieron a correr hacia las colinas y el bosque, regresando finalmente al spa. De regreso al chalé Lorenzo sacó el látigo.

–Vuelve al trabajo.

Mientras ella se afanaba en su pasión, él leía el periódico en el sofá.

Un par de horas más tarde, Lorenzo salió y regresó al poco con comida tailandesa. Sophy se sentía feliz y juguetona como una gatita. Había pasado una tarde maravillosa, estaba encantada con los progresos en la bisutería, y se había sentido muy a gusto con la silenciosa compañía. Levantándose del sofá, estiró los brazos.

–¿Qué haces?

–Expresarme –Sophy se levantó la camiseta y él sonrió complacido. Qué fácil era divertirse con ese hombre–. Si quieres ver cómo me expreso más, acompáñame al dormitorio.

De camino, ella se quitó la camiseta. Una vez dentro del dormitorio, empujó a Lorenzo contra la cama y se arrodilló sobre él, disfrutando de la posición dominante. Sabía que a él le gustaba lento, y podía hacerlo así. Jugueteó con el sujetador del biquini y él alargó una mano dejando expuesto un rosado pezón.

–No –ella le soltó un manotazo–. Es cosa mía.

La sonrisa de Lorenzo se amplió. Pero treinta segundos más tarde, volvía a intentarlo.

–¡Estate quieto!

–Oblígame.

–De acuerdo –ella se detuvo, una idea bullendo en la cabeza.

Saltando de la cama, se dirigió a la mesa repleta de bisutería. La cinta era escarlata, de suave satén. También eligió unas tijeras.

–De eso nada –al verla regresar, él adivinó de inmediato sus intenciones.

–Arriba las manos.

–No.

–¡Vaya, Lorenzo! –Sophy se arrodilló sobre la cama–. No tendrás miedo…

–Y yo que pensaba que eras una sosa –con un suspiro, Lorenzo extendió las manos.

–Puede que haya descubierto el encanto de la temeridad –bromeó ella.

Le ató las muñecas y luego ató el otro extremo de la cinta al cabecero de la cama mientras Lorenzo la miraba complacido. Pero al tirar de las cintas, la sonrisa se borró de su rostro.

–No puedes romperlas –ella se inclinó y lo rozó con los pezones–. Las scouts sabemos hacer nudos.

–Sophy –él volvió a tirar, convenciéndose de que no podría soltarse–. Desátame.

–No –Sophy se sentó a horcajadas sobre él.

–Ya basta. La broma ha terminado –los ojos negros la miraban con severidad.

–No es ninguna broma. Y no ha terminado –ella deslizó los dedos por los fuertes brazos–. No tengas miedo, no te haré daño.

Se notaba que él no estaba nada cómodo. Se le veía vulnerable, expuesto, y aun así orgulloso. El corazón le dio un vuelco. Ese hombre fuerte y poderoso estaba a su merced. Y no le gustaba.

Lo que había empezado como una broma se había convertido en algo devastadoramente intenso. Sophy le acarició el pecho, sintiendo la ardiente piel, hasta el corazón. ¿Alguna vez se había tumbado y permitido que alguien lo amara?

No. Jamás. Y no quería que ella lo hiciera tampoco.

Pero ella deseaba amarlo. Y por una vez lo haría.

Se arrodilló a su lado y empezó a atormentarlo con

lentas caricias, dejándose llevar, atenta a sus reacciones. Hizo el amor a cada centímetro de su piel, intentando llegar hasta su corazón. Ninguno de los dos habló, pero la respiración de Lorenzo se hizo más agitada, el cuerpo se tensó y ella supo qué deseaba. Ardiendo de deseo, lo besó mientras le acariciaba todo el cuerpo, salvo una parte. Reservaba lo mejor para el final. Aquello era demasiado maravilloso para darse prisa.

Al fin, las manos empezaron a describir círculos en torno al objetivo.

–Sophy –él contuvo la respiración.

Ella sonrió y lo tomó con la boca. El brusco gruñido sonaba a música celestial.

–Quiero tocarte –gimió él.

–Ya lo estás haciendo –Sophy se sentía poderosa por haber logrado que ese hombre le suplicara, por el placer que podía proporcionarle. Se irguió y miró los hermosos ojos que tanto amaba.

Y lo besó con locura, vertiendo en cada beso todo lo que tenía. Él la correspondió con igual pasión hasta que su cuerpo se tensó y volvió a luchar por liberarse de las ataduras.

–Necesito tenerte –le suplicó–. ¡Por favor!

Sophy se sentó a horcajadas sobre él. Sujetando la palpitante erección en una mano, se la introdujo con un rápido movimiento. Ambos gritaron. Lorenzo arqueó la espalda en un intento de llevar el ritmo, pero ella apoyó las manos sobre los hombros, sujetándolo contra el colchón. Echando la cabeza hacia atrás, dejó que el clímax la alcanzara.

–¡Sophy, Sophy, Sophy!

Ella lo miró al oír su nombre. Y lo vio, desnudo, expuesto, vulnerable, angustiado. Inclinándose de nuevo, lo volvió a besar y lo sintió estremecerse al aceptarla.

Mucho rato después seguía tumbada sobre él, acariciándole el pecho mientras lo sentía recuperar el aliento. No dijo nada, ni esperó que lo hiciera él. Al fin se incorporó. Tenía los ojos cerrados. Se había dormido. Tomó las tijeras del suelo, le besó la mejilla y cortó las cintas.

Con un ágil e inesperado movimiento, él le agarró las manos y la tumbó de espaldas, los ojos abiertos y la mirada ardiente. Sin aliento, ella se retorció y lo miró a los ojos, temiendo su ira.

Pero las llamas negras no la asustaron. Sobre el hermoso rostro surgió una leve sonrisa.

–Nadie. Solo tú.

Capítulo Nueve

Lorenzo oía a Sophy jugar con el collar, rodar las cuentas entre los dedos y luego dejarlo caer para volver a tomarlo de nuevo. Mientras, él mantenía la mirada fija en el asfalto que se deslizaba bajo el coche. El aeropuerto era un barullo de gente y ruido. Enseguida, aterrizaron en Auckland y la condujo a su casa.

Pero no iba a entrar con ella.

—¿Te gustan tus diseños?

Sophy asintió mientras dejaba caer de nuevo el collar contra su piel.

—Me los llevaré al taller. Podrás terminarlos a lo largo de la semana.

—Gracias —ella no lo miró a los ojos, ni él se demoró en comprobar si lo hacía.

Lorenzo se moría por estar solo y recobrar el equilibrio. Estar solo era bueno. Era cómodo. Aquello no.

—Hasta mañana, Sophy —Lorenzo arrancó en cuanto ella se hubo bajado del coche.

Algo había cambiado. Se había dado cuenta, pero no entendía bien cómo había sucedido. Ella lo había hecho suyo y le había hecho sentir más vulnerable de lo que se había sentido jamás. Pero no tenía nada que ver con las ataduras de las manos.

En el fondo le daba igual lo sucedido, lo que podría haber revelado o lo que ella hubiera creído ver. Pero la necesidad de más de lo que ella le había dado lo había empujado a seguir. Y lo había tomado a lo largo del día, jugando con ella, riendo como el despreocupado niño que jamás había sido. Habían nadado, descansado, disfrutado del domingo, como dos personas normales.

Pero él no era normal, era distinto a la mayoría y, sobre todo, a personas como Sophy con su mundo perfecto y su familia perfecta. Y en esos momentos, de vuelta a la realidad, se sentía más extraño que nunca.

Ya en el apartamento intentó ponerse al día con el trabajo y repasó sus mensajes. Tenía la sensación de haberle robado la vida a alguien por un día y que en cualquier momento fueran a capturarlo.

Doce horas después seguía trabajando en su despacho, furioso por lo obsesionado que estaba con verla.

–Quédate hasta tarde, tengo algo que enseñarte –le anunció al día siguiente.

Sentía cierto rubor, pues no sabía si le iba a gustar su obra. Además, debería estar despegándose de ella, no hundiéndose más en el pozo.

A Lorenzo no le asustaban las privaciones, de modo que un poco de abstinencia no debería afectarle. No obstante, Sophy era lo primero, lo único, a lo que no estaba seguro de poder renunciar.

Sophy acudió a su despacho a las cinco en punto de la tarde. Hacía horas que Lorenzo había dejado de trabajar y había dedicado media tarde a lanzar balones por el aro.

–Es arriba.

Ella asintió y se limitó a seguirlo.

–He hecho algunos diseños –él casi se sonrojó

mientras giraba la pantalla del ordenador hacia ella–. Si te apetece utilizar alguno, puedo hacerlos imprimir.

–¿Para tarjetas de visita? –Sophy contempló las imágenes que él le mostraba.

–Y también etiquetas para cada pieza –Lorenzo asintió–, puedes escribir los detalles a mano.

–Eres un hombre de muchos talentos.

–Algunos buenos y otros no tanto.

–Lorenzo, son increíbles –parecía tan encantada que él se sintió ruborizar un poco más–. No me puedo creer que hayas hecho esto por mí.

–No me ha costado nada –Lorenzo se removió incómodo.

Lo cierto era que había permanecido despierto casi toda la noche y dedicado media mañana a pasarlos a un formato digital.

–Si no te apetece usarlos, no me importará.

–Pues claro que quiero usarlos –Sophy ya estaba tecleando en las etiquetas–. Lorenzo, esto es fantástico, gracias, me encantan.

–Bien –asintió él aliviado–. Si quieres trabajar con ellas ahora, puedo imprimirlas.

Lorenzo se sirvió un café. No necesitaba ningún estímulo, a pesar de haber pasado la noche en blanco, pero al menos hacía algo mientras Sophy experimentaba con los diseños.

El corazón le latía con fuerza y empezaba a tener una creciente sensación de pánico. Aquel no era solo su apartamento, era su refugio. ¿Cómo se le había ocurrido contaminarlo con el olor de esa mujer? La última vez que había estado allí, había necesitado días para hacerlo desaparecer. Ya lo sentía ahogándolo.

No tenía derecho a sentirse molesto por su presencia, la había invitado él, pero deseó no haberlo hecho. Necesitaba salir de allí antes de cometer una estupidez. En su mente solo había cabida para la imagen de Sophy con su pene en la boca.

–Esto… voy a correr un poco.

–¿Ahora? –ella apartó la vista de la pantalla.

–Sí –Lorenzo se preparó lo más rápido que pudo.

Sin embargo, con cada zancada sobre el asfalto, el deseo de regresar se hacía más fuerte. Al fin se rindió y se dio media vuelta.

Ni siquiera el fuerte portazo consiguió aliviar su irritación. La erección era cada vez más fuerte. No había pasado más de veinte minutos corriendo para alejarse de ella, pero había regresado en mucho menos tiempo. Sophy levantó la vista, sin duda percibiendo el estado en el que se encontraba.

–¿Vas a ducharte?

Él asintió y aceleró el paso. Estaba furioso. Abrió el chorro de la ducha sin importarle lo caliente que estuviera. Apoyó las manos contra la pared y quiso que el agua arrastrara el deseo. Ojalá regresara el vacío, era mucho más fácil.

Una mano se deslizó por su espalda. Lorenzo dio un respingo cuando ella le tomó la palpitante erección. Sentía el suave cuerpo contra su espalda, las manos acariciándolo.

–No lo hagas, Sophy. No sabes lo que pasará.

–¿No lo sé? –ella deslizó la boca por los sensibles hombros.

Lorenzo se aplastó contra la pared, desesperado por bascular las caderas. Si conseguía calmarse, en un segundo pasaría todo. Pero ella seguía frotándole la erección, cada vez con más fuerza.

–Sophy –él se volvió y la atrajo hacia sí.

Ella se estremeció al sentir sus labios delicadamente posados en el cuello.

–Te deseo desesperadamente –admitió Lorenzo.

–Eso no es malo.

Sí lo era. El agua atronaba en sus oídos. Sophy era tan suave, tan dulce, y precisamente por eso debía alejarse de ella. Pero en cambio, se inclinó sobre ella y la besó en los labios. De nuevo sentía la demencial necesidad de tocarla, de estar con ella.

Sophy le rodeó el muslo con una pierna, proporcionándole un mejor acceso. Al sentir el húmedo núcleo deslizarse contra él, Lorenzo perdió el control. Ya no podría parar aunque lo intentara.

Apenas fue consciente de los gritos de Sophy mientras se hundía a un ritmo cada vez más enloquecedor en busca del cielo. En busca de la paz.

Durante largo rato permaneció inmóvil, abrazado a ella. El agua caliente caía sobre sus cuerpos, había perdido el control por completo.

–¿Mejor? –Sophy le acarició el cuello.

Lorenzo cerró los ojos, queriendo rechazar la caricia.

Porque no estaba mejor. Quizás su cuerpo se hubiera saciado, pero aún no estaba satisfecho y no sabía si lo estaría alguna vez. Los sentimientos le asustaban porque, por primera vez, no era capaz de hacerlos desaparecer.

Una sonrisa iluminó el rostro de Sophy, pero no consiguió calmar su conciencia.

Ella cerró los ojos y levantó el rostro para que el agua se deslizara por él.

Su belleza le dolía, todo en esa mujer dolía.

Porque podría haberle hecho daño sin siquiera haberse dado cuenta, y no habría podido parar. El animal salvaje que albergaba en su interior había sido liberado y no había pensado en nada salvo en su deseo. Lo mismo que años atrás. Pero entonces había destrozado un coche, aplastándolo con un bate en un ataque de ira ciega. Imparable, incontrolable. Terrorífica.

Era inaceptable que perdiera el control de sus emociones, daba igual de qué emoción se tratara. La lujuria era igual de mala que la ira. Y si lo había perdido una vez, podría volver a perderlo. Los años de esfuerzo, de disciplina lograda a través del ejercicio y la concentración, no habían servido de nada.

Hacer daño a otra persona, a ella, no era una opción. Por eso elegía el aislamiento para evitar el riesgo.

Volvió a mirar a Sophy. Ni siquiera estaba desnuda. Solo se había molestado en quitarse las braguitas antes de meterse en la ducha con él.

Ella abrió los ojos y en ellos pudo leer vulnerabilidad, confusión, preguntas. La sangre se le heló en las venas. Jamás sería capaz de responder a esas preguntas.

Necesitaban hablar. Deberían haberlo hecho el día anterior, pero había sentido demasiado miedo. Y seguía asustada. No quería romper el frágil momento, la fugaz felicidad.

De todos modos lo veía apartarse de ella. Su rostro permanecía imperturbable, el ceño fruncido. Sophy intentaba que no le afectara, pero era como intentar impedir la salida del sol.

–No te preocupes –lo tranquilizó ella, de repente comprendiendo cuál podría ser el problema–. Estoy tomando la píldora. No me quedaré embarazada.

–¿Cómo? –él se volvió.

–En la ducha, acabamos de… –Sophy no terminó la frase.

–¿Has empezado a tomar la píldora? –Lorenzo la miraba con horror.

–Pensé que sería lo mejor –no le apetecía tener un bebé aún y, a juzgar por la expresión en el rostro de Lorenzo, a él no le apetecería jamás. Lo mejor sería no arriesgarse.

–¿Cuándo?

–La semana pasada.

–Oh –a la expresión de horror se le había sumado un ceño muy fruncido–. Te traeré una bata.

Una aventura. Sophy se secó con fuerza con la toalla e intentó recordarse que no era más que eso. Un revolcón de una noche con unas cuantas repeticiones. En realidad, parecían haber entrado en un bucle. Sin embargo, no podía creerse que no hubiera algo más, a pesar de la frialdad que se había instalado entre ellos. Si fuera sensata, si leyera las señales, se marcharía. Pero estaba atrapada en el deseo. Y había algo más.

Estaba total y desesperadamente enamorada de ese hombre complicado, solitario y generoso. Y se moría por dárselo todo.

De regreso al salón, volvió a estudiar las tarjetas que Lorenzo había diseñado en el ordenador. Era evidente que conocía su trabajo, porque había elegido sus colores preferidos, su estilo en el trazo. Y el hecho de que lo hubiera hecho para ella la enloquecía, y le daba esperanzas. Se volvió y lo vio parado ante el frigorífico, con el ceño fruncido, incapaz de decidirse.

Y de repente Sophy supo lo que debía hacer.

—Puedo venir mañana a recoger mi ropa… si me llevas a casa. Solo llevo la bata.

—¿No quieres quedarte?

Por supuesto que quería, pero el alivio que había asomado a los ojos de Lorenzo resultaba dolorosamente obvio.

—No —Sophy se ajustó la bata. Hacía calor, pero ella sentía cada vez más frío.

Lorenzo no quería que se quedara. Y ella no quería permanecer donde no fuera deseada. Acababa de darle todo lo que quería de ella, y ya no quería nada más.

Menuda estúpida.

Al día siguiente no fue a trabajar. Telefoneó a Jemma para informar de un asunto familiar que tenía que atender. No era del todo mentira. Siempre tenía algún asunto familiar que atender.

El miércoles sí acudió. Tenía que dar los últimos toques a las joyas y empaquetarlas todas para llevarlas al teatro. Kat le comunicó que Lorenzo estaría fuera, de reuniones, casi todo el día. Aunque se sintió defraudada, era lo mejor. Necesitaba concentrarse.

Las etiquetas y las tarjetas de visita estaban impresas y metidas en una caja. Sophy estaba encantada con el resultado y, por primera vez, le ilusionaba la idea de la exposición. Había hecho un excelente trabajo y quería mostrarlo al mundo. A última hora oyó fuertes pisadas en la escalera y no pudo resistirse a salir corriendo con una inmensa sonrisa que la iluminaba entera.

–¿Por qué estás tan contenta? –los ojos negros estaban enmarcados por oscuros círculos.

–He encontrado un vestido fabuloso para mañana –no quería admitir que estaba feliz por verlo a él.

–Claro –él sonrió tímidamente y entró en la sala–. A las mujeres os encantan las compras.

–Tengo ganas de que ponérmelo –y era cierto. Estaba nerviosa por la opinión de su familia sobre los diseños, pero al menos llevaría un precioso vestido, y tendría un inmejorable acompañante–. ¿Vas a llevar frac?

–No voy a ir –Lorenzo apartó la vista.

–¿No vas a ir? –ella lo miró perpleja–. ¿No asistirás a la inauguración?

–No –él se acercó a la ventana–. No somos pareja, Sophy. Te advertí que nunca se haría público.

–No hace falta que me rodees con tus brazos –¿no había sido él el que la había llevado a cenar con unos amigos hacía una semana? Sophy intentó conservar la calma–. Podrías venir como amigo.

–No me necesitas.

–Sí te necesito –ella no quería ir sola. Rosanna estaba de viaje y, además, a quien ella quería tener allí era a Lorenzo. Su mera presencia la tranquilizaría. Lorenzo creía en ella.

–No me necesitas.

–¿Por qué no quieres ir? ¿No quieres que te vean conmigo?

–No quiero complicar nuestro acuerdo.

–Entonces ¿por qué me has estado ayudando tanto?

–¿acuerdo? ¿Qué demonios significaba eso?–. Quieres que me salga bien. ¿Por qué no quieres estar allí para verlo?

–Entre nosotros no hay más que sexo, Sophy –la irritación de Lorenzo era palpable–. Era lo que querías ¿recuerdas? No puedes cambiarlo ahora.

–Y no lo estoy haciendo –ella alzó la voz–. Eres tú el que ya lo has cambiado. Fuiste tú quien me llevó de viaje el fin de semana. Eres tú el que estás haciendo todo esto por mí.

–Lo hice para que pudieras terminar tu trabajo. Estabas tan ocupada ayudando a los demás que pensé que te vendría bien para ponerte al día.

–¿Y eso no es preocuparte por mí? –Sophy contuvo la respiración.

–No,

–¿Y el fin de semana tampoco significó nada para ti? –ella dio un respingo–. ¿Nada especial?

–No –Lorenzo mantuvo la mirada fija en el suelo–. Pero no vayas a disgustarte.

–¿Cómo no voy a disgustarme si dices que no hubo nada especial? Me estás mintiendo, Lorenzo. Y te estás mintiendo a ti mismo.

–No, estoy siendo sincero. No es más que sexo, Sophy. Solo una sórdida aventura de la que nadie debe tener conocimiento. No tenemos nada en común. Solo somos buenos follando.

Sophy palideció. Ellos no follaban, hacían el amor. Se lo había ofrecido todo.

–Pues si eso es todo, Lorenzo, supongo que no te importará que haya terminado.

Pasó frente a él y se dirigió a la escalera.

Capítulo Diez

Sophy se abrochó lentamente el vestido e intentó olvidar la fantasía que había tenido de contonearse con él ante Lorenzo y respiró hondo.

Había dedicado casi toda la tarde a montar la exposición, recibiendo elogios de parte de los empleados del teatro. Pero esa no era la gente que le importaba. Estaba a diez minutos caminando de la residencia de sus padres en el centro de Auckland. Iban a ir juntos.

–Qué ganas tengo de ver la película. Ha recibido críticas estupendas –parloteaba su madre.

Por supuesto, no sabían lo de la exposición. Sophy se aferró al bolso en un intento de ocultar el temblor de sus manos. Estaba muy nerviosa e incluso había salido a correr, como Lorenzo, aunque no le había servido de mucho. ¿Cómo se le había podido antojar que aquello sería una buena idea?

Ted y Victoria ya estaban allí, y fueron su hermana y cuñada quienes llamaron su atención sobre la exposición de joyas.

–¿Qué os parecen? –preguntó Mina, su cuñada.

–A mí me encanta este –observó Victoria–. Fíjate, Soph, es precioso.

–¿Estás bien, Sophy? Te has puesto muy pálida –exclamó su hermano, Ted–. Y ahora muy roja.

–Estoy bien.

123

–¿Estás segura? –su madre la observó atentamente.

Ella se limitó a asentir.

–Este te iría muy bien –continuó Mina–. Hace juego con tus ojos –estaba mirando el collar azul que había hecho en Hammer.

Ted, cuyo coeficiente intelectual era indecentemente alto, ya tenía una tarjeta en la mano.

–«Diseños Sophy» –leyó en voz alta–. Incluso figura tu número de móvil –la miró con severidad–. ¿Hay algo que quieras contarnos, hermanita?

–¿Has hecho tú todo esto? –su madre la miró resplandeciente.

Todos se volvieron a ella.

–Sí –Sophy estaba a punto de desmayarse.

–¡Es increíble! ¡Edward! –su madre alzó la voz–. Edward ¿has visto esto?

–Bien hecho, Sophy –su padre la rodeó con un brazo.

–Tienes mucho talento.

–Yo jamás sería capaz de hacer algo así.

–Lo ha sacado de mi familia –sentenció su padre–. ¿Cuál te gusta más, querida? –se volvió hacia su esposa–. Te lo compro.

–No hace falta, papá –protestó Sophy, más que azorada ante tanta efusividad.

–Pues claro que sí –el hombre ya se dirigía en busca del responsable de ventas.

Sophy los miró. ¿No era eso lo que había ansiado, su aprobación? ¿Por qué se sentía hundida?

De repente comprendió qué fallaba. No era a su familia a quien quería impresionar, era a Lorenzo. Lo quería a su lado.

Estaba furiosa con él, con ella misma. Había dedicado una vida a desear ese momento, el orgullo de sus padres. ¿Cómo podía permitir que un tipo al que solo conocía desde hacía tres semanas lo arruinara todo? ¿Por qué le resultaba de repente más importante que todo lo demás?

–Me alegra que os gusten –se obligó a sonreír.

–¿Gustarnos? –su madre la miró perpleja–. Sophy, no teníamos ni idea.

–Estabais ocupados –Sophy se encogió de hombros–. Y yo también. Lo hice en mi tiempo libre.

–¿Y por qué no nos dijiste que exponías hoy?

–Quería vuestra opinión sincera.

–¿Tan insegura estabas? –su hermana frunció el ceño.

–Sí –admitió ella–. Y supongo que sigo estándolo.

–¡Oh, Sophy! –la reprendió su madre al tiempo que la abrazaba.

Sophy sonrió. Lo cierto era que las joyas tenían un aspecto estupendo. Vintage y, al mismo tiempo, muy modernas.

–Cielo –su padre regresó–. No podré comprarte ese collar.

Sophy lo miró inquisitiva.

–Ya ha sido vendido –el hombre sonreía orgulloso. La misma sonrisa que había lucido en la graduación de Ted y de Victoria–. Al parecer fue el primer artículo vendido, junto con varias piezas más. El éxito ha sido rotundo, Sophy.

La joven se sonrojó.

–Al parecer se vendió cinco minutos antes de la inauguración. Alguien ha estado muy listo.

El rubor de Sophy se hizo más profundo y su mente voló de inmediato hasta Lorenzo. ¿Había sido él? ¿Estaba allí para darle una sorpresa? ¿Era su modo de disculparse?

–Sophy, aquí hay alguien que pregunta por ti –anunció su hermano.

Sophy se volvió y buscó entre la gente. Pero alguien le dio un golpecito en el hombro, obligándola a volverse de nuevo.

–¡Sorpresa!

–¡Oh! –exclamó Sophy–. ¡Rosanna! –se arrojó en brazos de su amiga y ocultó el rostro en su hombro, ocultó la desilusión que sentía.

–¿No creerías que iba a perdérmelo?

Incapaz de hablar, Sophy sacudió la cabeza. Tenía una maravillosa amiga, y una maravillosa familia. No tenía derecho a sentirse tan hundida.

–Gracias por venir.

Sentado en el coche, Lorenzo seguía demasiado estupefacto para poner en marcha el motor. Llevaba aparcado frente al teatro desde diez minutos antes de que abriera sus puertas, y de eso había pasado una hora. Llevaba puesto el frac, porque no podía defraudarla. Aunque afortunadamente lo había hecho, porque lo que había averiguado…

Braithwaite. No era un apellido común. Debería haber establecido la conexión, pero no se había molestado en hacer preguntas. Y ella le había dado tan poca información sobre su familia como él de la suya. Y ya sabía por qué.

Los había visto llegar. Por una vez el destino había estado de su lado. Porque lo último que hubiera deseado era encontrarse de nuevo con ese hombre, y con Sophy delante.

Edward Braithwaite, el juez Braithwaite, el hombre ante el que se había presentado años atrás. El hombre que lo había condenado y, al mismo tiempo, ofrecido una última oportunidad.

Aquella tarde, mientras se ponía el frac, había llegado a pensar que podría hacerlo. Había pasado mucho tiempo. El padre de Jayne lo había echado. No era lo bastante bueno para su hija. Y ella había estado de acuerdo. Se había reído de sus sueños. Para ella solo había sido sexo.

Pero habían pasado diez años y las cosas habían cambiado. Al menos algunas cosas. Quizás con otra persona podría lograrlo. Pero el juez Braithwaite lo sabía todo. Lo había conocido en sus peores momentos. Conocía su triste historia. Y jamás le permitiría acercarse a su preciosa hija.

La sociedad podía ofrecerte una segunda oportunidad, los padres no. Los padres solo querían lo mejor para sus hijas. Lógico. Él también quería lo mejor para Sophy. Y lo mejor no era él.

Siempre sería así. Jamás debería haberle permitido acercarse tanto. El pasado era inamovible. La vida perfecta con la que se había atrevido a soñar momentos antes era solo un espejismo, algo que no estaba destinado a él. Se las había arreglado bien hasta ese día, construyendo una carrera, trabajando duro. Tenía un exitoso negocio, un par de buenos amigos. Pero jamás tendría una mujer, una compañera, intimidad.

Nunca sería lo bastante bueno para una mujer tan maravillosa como Sophy, y no se conformaría con nada menos. Por mucho dinero que ganara, por mucho éxito que tuviera, siempre habría una parte de él, una verdad fundamental, que intentaría ocultar, incluso a sí mismo.

Pero el juez conocía esa verdad y, consciente de lo mucho que le importaba a Sophy la opinión de sus padres, Lorenzo supo que todo había terminado.

Solo le quedaba una cosa por hacer: Ir al bar de Vance y emborracharse a conciencia.

Sophy fue con su familia a tomar un café, junto con Rosanna. Lo único en lo que podía pensar era en ese collar que se había vendido tan rápidamente. Era una locura, pero no podía evitar soñar con que lo había comprado él. Quizás le había encargado a alguien la compra. Quizás fuera a regalárselo a modo de disculpa por no haber acudido. Quizás fuera su modo de buscar una reconciliación.

Qué patética era.

—¿Estás bien? —preguntó Rosanna a Sophy cuando sus padres y hermanos se hubieron marchado.

—Estoy cansada —ella asintió.

—Lorenzo no estuvo —su amiga dejó el vaso sobre la mesa.

—No, ya me dijo que no iría.

—Pero… —Rosanna entornó los ojos.

—A mi madre le encantaron esos pendientes —le interrumpió Sophy—. ¿La viste? Jamás pensé que le gustarían tan largos.

–Bueno ¿nos vamos de juerga? –la joven aceptó el cambio de tema.

–Creo que yo no iré –ella rio.

–Si quieres, te acompaño a casa –Rosanna se encogió de hombros.

–¿Para inflarnos a helado de chocolate? No, yo me voy a la cama.

–De acuerdo, pero si te animas con el chocolate, sabes que no me importa cambiar de planes –la otra mujer hizo una pausa–. He quedado con Vance.

–¿Y qué pasa con Emmet y con Jay?

–Ellos también estarán en el bar.

Sophy soltó una carcajada, la primera en muchos días.

–Tengo una sorpresa para ti –el rostro de Rosanna se iluminó–. Cierra los ojos –Sophy los cerró–. Ya puedes abrirlos.

Sophy lo hizo y se quedó mirando fijamente el cuello de Rosanna, que lucía el collar. Su collar.

–Me encantó –la joven se movió para liberar los destellos de las cuentas.

–Te va muy bien –Sophy se obligó a sonreír.

–No te preocupes por la exposición –Rosanna se inclinó hacia delante–. Les prometí devolverlo mañana para que siga expuesto hasta que termine el festival, pero quería sorprenderte.

Y lo había hecho.

–No hacía falta que lo compraras. Te lo habría regalado.

–Lo sé, pero no quería que lo hicieras. Quería que triunfaras esta noche, y por eso lo compré. Y resulta que has vendido un montón más. ¡Eres famosa!

A Sophy le avergonzaba la desilusión que sentía. Unas ardientes lágrimas llenaron sus ojos.

–¡Sophy! Te he hecho llorar –Rosanna la miró horrorizada.

–No pasa nada –ella intentó recomponerse, pero las lágrimas no paraban de rodar por sus mejillas–. Gracias por hacerlo. Significa mucho para mí.

¿Cómo había podido ser tan ingenua?

–¿Sabes qué? –Sophy alargó una mano hacia su bolso–. Al final sí me voy contigo esta noche.

No iba a desperdiciar ni un minuto más de su vida por culpa de Lorenzo. Tenía muchas cosas que celebrar.

El bar estaba repleto. Sophy siguió a su amiga hasta la pista de baile donde Emmet y Jay les esperaban con unas copas.

–Gracias, queridos –Rosanna los besó a ambos.

Sophy consiguió sonreír y vació casi media copa de un trago.

–Ven conmigo –Jay la tomó del brazo–. Tienes aspecto de necesitar reírte un rato.

Y así era. Jay era un excelente bailarín y en sus brazos, Sophy se sintió relajar al ritmo de la música. Si bailaba hasta el amanecer, quizás consiguiera dormir un poco después.

–Gracias, Jay –le susurró al oído.

Él le rodeó la cintura con los brazos y rio.

–Ese imbécil de la barra del bar no te quita ojo.

Sophy se volvió. Tras la barra del bar, Vance fulminaba a las dos parejas con la mirada. A punto de soltar una carcajada, se quedó helada. Otra persona acababa de aparecer junto a Vance. Lorenzo. Y la miraba aún más enfadado que su amigo.

El corazón le latía con tanta fuerza que apenas oía la música.

—Voy a refrescarme un poco —al finalizar la canción, Sophy se excusó.

Se mojó las muñecas con agua fría y volvió a aplicarse carmín de labios. Tras comprobar su reflejo en el espejo deseó poder esfumarse de allí. No le había gustado nada la mirada de Lorenzo.

Al fin se decidió a salir del aseo. Y allí lo encontró, apoyado contra la pared del pasillo, los ojos clavados en el suelo. No iba a ser fácil pasar delante de él. Parecía una pantera a punto de saltar.

—Parece que te diviertes —murmuró Lorenzo con voz pastosa.

Tenía los cabellos revueltos y los ojos soltaban chispas. Parecía llevar horas bebiendo.

—Y así es —Sophy intentó adoptar una actitud lo más insolente posible.

—Con uno de los desechados por Rosanna —murmuró él.

—Es encantador y muy buena compañía.

¿Eso había sido un bufido?

—¿Por qué vas tan bien vestido? —ella lo miró. Aunque la corbata había desaparecido, seguía vistiendo frac.

—¿Qué tal fue todo? —Lorenzo se encogió de hombros.

—Pensaba que te daba igual. Me están esperando.

Tal y como se temía, Lorenzo saltó. En escasos segundos la había encerrado en una habitación y cerrado la puerta. Era un aseo.

Y antes de que pudiera protestar, le sujetó la barbilla para obligarla a volver el rostro hacia él.

Pero no la besó en los labios sino en la barbilla, el cuello, detrás de la oreja. Lorenzo olía a alcohol y era evidente que apenas lograba controlarse. Sophy se derritió al sentir sus besos.

A pesar del dolor y la desilusión, lo seguía deseando. Desesperadamente.

Los besos se hicieron más apasionados y ella jadeó mientras las fuertes manos le agarraban el trasero y lo empujaban rítmicamente contra la durísima erección.

Ese hombre no quería salir con ella, no quería que los vieran con familiares o amigos. Lo único que quería era arrastrarla al primer rincón que encontrara para poner sus manos sobre ella. No era justo. No estaba bien.

Sophy le sujetó la barbilla y lo obligó a mirarla. Durante largo rato lo miró a los ojos.

Sophy apartó la mirada y vio su reflejo en el espejo. Sobre el rostro pálido destacaban unos labios exageradamente rojos.

Volviéndose a él, le besó la barbilla y contempló el efecto. Siguió por el cuello hasta el blanquísimo cuello de la camisa. Y mientras le dejaba marcado, le acariciaba, excitaba, distraía, con las manos.

Pero nada le hubiera podido preparar para lo que sucedió. Hundiendo las manos en sus cabellos, Lorenzo la miró a los ojos. La miraba muy serio, triste. Hasta que la abrazó con fuerza, apretándola contra su cuerpo y ella sintió su ardor, su abrumador deseo.

Y cuando el beso terminó, ella encontró la fuerza para apartarlo y Lorenzo se lo permitió.

Sophy parpadeó con fuerza para contener las lágrimas, de sorpresa, de resentimiento y ese viejo dolor.

–Lorenzo –comenzó con voz temblorosa–, estás cubierto de manchas de carmín –la risa cargada de amargura se transformó en un sollozo–. ¿Y ahora cómo vas a ocultar tu sucio secretito?

La ira de Lorenzo le hizo salir corriendo. Cómo consiguió abrir la puerta, nunca lo sabría, pero atravesó el abarrotado bar en busca de la salida.

–¿Sophy? –Jay apareció frente a ella.

–¿Me acompañas a tomar un taxi? –no tenía ni idea de dónde estaría Rosanna, pero Jay le haría llegar el mensaje.

–Por supuesto.

–Ya me ocupo yo –Lorenzo apareció a su lado.

–No, no lo harás –Sophy lo apartó de un empujón.

–¿Estás bien? –murmuró Jay mientras la rodeaba con un brazo y miraba furioso a Lorenzo.

–Mejor que nunca. ¿Le dirás a Rosanna que me he ido a casa?

–Claro.

Jay paró un taxi y le abrió la puerta, impidiendo que Lorenzo se subiera, mientras ella se acomodaba en el asiento trasero.

–Sophy –su voz parecía llegar desde muy lejos.

–Ahora no, Lorenzo –contestó Sophy justo antes de cerrar la puerta–. Estoy muy enfadada y tú demasiado borracho.

Capítulo Once

Sophy no llevaba ni quince minutos en casa cuando empezaron los golpes en la puerta.

–Te he dicho que ahora no –abrió la puerta y lo miró furiosa.

–No estoy borracho.

–¡Por favor!–ella se fijó en la respiración acelerada–. ¿Has venido corriendo?

Lorenzo se encogió de hombros.

–¿Qué quieres, Lorenzo? –preguntó ella antes de darse media vuelta.

–Solo quería que supieras que no eres tú. Soy yo.

–Debes estar de broma – Sophy lo oyó entrar detrás de ella y cerrar la puerta.

–Me puse muy celoso al verte bailar con él. Ni siquiera puedo echarle la culpa al alcohol.

–Podrías haber bailado tú conmigo.

–Eres demasiado buena para mí –él sacudió la cabeza.

–¡Oh! –ella se llevó la mano al pecho–. ¡Qué buena frase! ¿Cuál será la siguiente? Déjame adivinar –bajó la voz una octava–. Yo no mantengo relaciones, cariño. Nací para estar solo.

–¿Por qué querías que conociera a tu familia? –Lorenzo la miraba muy pálido.

–No quería. No iba a presentarte como mi novio ni

nada de eso, Lorenzo, Dios me libre –ella puso los ojos en blanco–. Solo quería que estuvieras allí. Necesitaba tu apoyo.

–No –él respiró hondo. Había llegado la hora de sincerarse. Se lo debía–. Ya conocía a tu padre.

–¿En serio?

–Fue el juez que presidió mi juicio.

–¿Cómo?

–El tribunal de menores. Yo tenía trece años.

–¿Qué hiciste?

–Grafitis, robo, destrucción de la propiedad –él se encogió de hombros–. Y no era la primera vez.

–¿Qué te hizo él?

–Me obligó a hacer servicios a la comunidad. Y me envió a ese colegio.

–¿Papá hizo eso?

–Sí. Yo tenía «potencial». Creían que en ese colegio podría demostrarlo –y así había sido.

–¿Ycreías que te iba a rechazar por tu pasado?

Por supuesto que lo haría.

–¿No sirve de nada lo que has hecho durante los últimos dieciocho años? ¿Estás atascado en una especie de túnel del tiempo? ¿Lo que has hecho con tu vida desde entonces no importa?

Lorenzo sacudió la cabeza. Esa mujer no entendía nada.

–Entonces cuéntame la verdad –Sophy se cuadró frente a él–. Los vinos ¿son una tapadera para el blanqueo de dinero?

–¿Qué? ¡Claro que no!

–Pues entonces debe haber un asunto de drogas. ¿Cultivas plantas en tu patio?

–No.

–Vaya… –la voz de Sophy era de desilusión–. Pues si no hay ninguna actividad delictiva, no puede decirse que seas gran cosa como criminal ¿no?

–Sophy… –Lorenzo no estaba de humor para sarcasmos.

–¿Has vuelto al juzgado después de aquello? –ella no se detuvo.

–No.

–Entonces ¿qué problema hay? –Sophy se cruzó de brazos y abrió los ojos desmesuradamente–. Mi padre cree en la justicia, Lorenzo. Tú tenías un problema, hiciste cosas que no deberías haber hecho. Cumpliste con tus horas de servicio a la comunidad. Y él te llevó a un sitio que te fue muy bien. Asunto terminado. Aquello quedó atrás.

–Él no lo vería así.

–¿Cómo lo sabes?

–Lo sé –qué ingenua que era esa mujer–. ¿Crees que le gustará lo que estoy haciendo contigo?

–Bueno –Sophy se sonrojó–, no creo que quiera conocer los detalles íntimos de nadie con quien yo esté, pero…

–Ningún padre puede desear que esté con su hija. Ningún padre.

–¿Te han dicho eso antes? –ella alzó la vista.

–Más de una vez –exageró él–. No soy lo bastante bueno.

–Necesitas cambiar de modo de pensar, Lorenzo –insistió Sophy con frialdad–. De todos modos, ya no vivo con ellos. Soy adulta y tomo mis propias decisiones. Puedo salir con quien quiera.

–Eso es lo que dices, pero ambos sabemos que la opinión de tu familia lo significa todo para ti.

Sophy tragó nerviosa y Lorenzo supo que había acertado.

–Estás exagerando algo que sucedió hace años. Y aunque en su momento a mi padre no le gustara, después de ver cómo eres ahora, no tendría ningún problema.

–No lo entiendes. No soy la clase de persona que deberías tener a tu lado.

–¿Y qué clase de persona crees que eres? Porque te conozco y sé que…

–Tú no me conoces –la interrumpió él–. No tienes ni idea, Sophy.

–Pues entonces, ilústrame –gritó ella.

–¿Qué quieres que te cuente? ¿La fea realidad? ¿Lo duro que fue? ¿Lo duro que soy?

–Sí –contestó Sophy furiosa.

–¿Qué quieres saber? ¿Te cuento cómo me apartaron de mis padres por los maltratos que me infringían? ¿Te cuento que mi padre me decía que yo no era más que un aborto fallido? Pues eso no es nada. No eran más que palabras. Espera a oír el resto.

–Lorenzo, lo siento…

–Me daba una paliza por contestarle mal –él no la dejó terminar–, por no contestar lo bastante rápido, por no contestar. Daba igual lo que hiciera, me pegaba. Con los puños, con palos, el cinturón, lo que tuviera a mano. Yo no era deseado por él, y ella no me protegía. Y después tampoco encontré a nadie que me quisiera. Me llevaban a una casa nueva. Conocía a una nueva familia. Una y otra vez.

–Lorenzo, por favor…

–¿Crees que lo entiendes? Yo buscaba aprobación, Sophy. Lo intenté. Habría hecho lo que fuera para arreglarlo. Pero nunca funcionaba. El problema era yo. De modo que dejé de intentarlo, porque siempre terminaba igual. Era demasiado difícil, descontrolado, siempre enfadado. Siempre la fastidiaba. Las etiquetas permanecen ¿para qué intentarlo? Al final sabes que de todos modos no te quieren. Nunca te quieren.

–Yo te quiero –susurró Sophy.

–No es verdad –Lorenzo se enfureció aún más.

–Sí lo es –ella lo siguió.

–Lo que quieres es el sexo –gritó él–. Para ti es lo más fuerte que has experimentado. Un viaje con el chico malo. Vete con alguien perfecto, Sophy, que encaje en tu perfecta familia.

–Mi familia no es perfecta.

–¿En serio? –Lorenzo soltó una carcajada–. Tus padres te aman, aunque tú creas que no. Te llaman a todas horas y tú les haces favores constantemente. Por muy horrible que fuera tu comportamiento, Sophy, no dejarían de amarte. Hiciera lo que hiciera yo, los míos jamás me quisieron –la garganta le dolía al escupir la verdad–. Estoy trastornado, Sophy. Si tratas a alguien como a un animal, se convierte en un animal. Siempre es así –y el padre de Sophy también lo había sabido–. No tienes ni idea de la ira que soy capaz de sentir. Me asusto a mí mismo. Y me niego a asustarte a ti.

Lorenzo respiraba agitadamente.

–Lorenzo, tú no me asustas.

–No puedo controlarme –admitió–. No quiero lastimarte.

–Me estás lastimando ahora.

Él sacudió la cabeza. La estaba protegiendo.

–Te amo, Lorenzo. Déjame amarte.

–Nadie puede amarme –la rechazó, tenía que hacerlo–. Y yo no puedo amar. No quiero –tenía la espalda apoyada contra la puerta–. No puedo formar parte de una familia. Lo intenté, y fracasé una y otra vez. Ni siquiera puedo hacerlo por ti.

–No hace falta que hagas nada. Déjame a mí, Lorenzo.

–No puedo –Lorenzo se volvió y abrió la puerta–. Sabes que no puedo. Tú lo quieres todo, y te lo mereces todo. ¿Qué clase de padre sería yo? No lo quiero. Y no va a suceder. Lo siento. Esta noche te he maltratado. Tenías razón. Todo ha terminado.

Sophy lloró. Se acurrucó en el suelo del pasillo y sollozó.

Sentía enormemente el infierno que había vivido Lorenzo. Se había perdido tantas cosas que era incapaz de entender el amor. Y ella quería que lo entendiera. Tenía que volver a hablar con él, hacérselo entender. Al menos intentarlo.

Cuando al fin reunió el coraje ya eran más de las nueve de la mañana. Lo encontró en el patio, con vaqueros y sin camiseta. Debía llevar mucho rato allí porque el cuerpo le resplandecía de sudor.

–No puedes impedirme amarte.

Lorenzo lanzó el balón, pero falló la canasta.

–Lo utilizas como excusa. Te gusta jugar al tipo solitario y atormentado. No permites que nadie se acerque a ti porque no soportas volver a ser rechazado. Pero yo no voy a rechazarte.

–Al final lo harías.

Sophy le arrebató el balón, obligándole a mirarla.

–Tienes razón, mi familia me ama, pase lo que pase. Y si saben lo feliz que me haces sentir, también te amará a ti, independientemente de tu pasado. Pero no nos das la oportunidad a ninguno, porque así es más fácil para ti. Eres un cobarde.

Lorenzo la miró, pero en sus ojos no había el fuego que ella había esperado encontrar.

–Ni siquiera me atrevo a intentar comprender lo que has debido sufrir. Pero sí sé que no puedes permitir que arruine el resto de tu vida. No puedes perder la fe en todo el mundo, y no creo que lo hayas hecho, de lo contrario ¿por qué ayudas a esos chicos? ¿Por qué ayudas a Vance con el bar? Intentas aislarte, pero no puedes. Y tampoco podrás hacerlo conmigo. Todo el mundo tiene problemas, Lorenzo. Pero los problemas se resuelven mejor con ayuda, y con el apoyo de los seres queridos.

Lorenzo se apartó de ella y fue a recoger el balón mientras Sophy lo miraba desesperada.

–Puede que sí sepa algo de lo que has vivido –continuó ella con voz temblorosa–. A lo mejor sé algo sobre amar a alguien, desear ser amada por ese alguien, y ser rechazada. No deseada–. Al final tú pierdes. Podrías haberlo tenido todo, Lorenzo.

Y corrió, deseando alejarse de él todo lo posible.

No lo oyó. No lo vio. Lo último que recordó fue el chirrido de la goma sobre el asfalto y el grito animal que resonó en sus oídos.

Capítulo Doce

La puerta se abrió y Lorenzo se volvió hacia la mujer que irrumpió en la habitación.

–¿Dónde…? –al ver el pálido rostro sobre la cama, comenzó a sollozar–. ¿Se pondrá bien?

Lorenzo se puso en pie, pero no contestó, ni se apartó. Miraba al hombre que se había acercado al otro lado de la cama para contemplar a su hija, la expresión rígida.

–Te conozco –anunció. Miró a Lorenzo largo rato con expresión fría.

–Sí –Lorenzo no había soltado la mano de Sophy–. Pero no me voy a marchar.

–Ya lo veo –el hombre no apartaba la vista de Lorenzo–. Beth, este es…

–Lorenzo, Lorenzo Hall.

–Eso es –asintió lentamente el juez.

–¿Os conocíais? –la madre de Sophy miraba de un hombre al otro–. ¿Eres amigo de Sophy? –preguntó la mujer.

–Sí.

La sensación de culpa lo abrumaba. Si no la hubiese alterado tanto. Si no hubiese corrido tan deprisa, tan ciegamente, para alejarse de él.

Los rubios cabellos se extendían por la almohada con sus perfectos bucles en las puntas. La piel estaba artificialmente pálida y destacaba el feo moretón. Era increíble que no tuviera nada roto, o peor. Lo único que tenía era un golpe en la cabeza.

Estaría en observación durante la noche, pero los médicos no creían que tuviera nada más.

–¿Por qué no llamas a Victoria y a Ted, querida? –sugirió el padre de Sophy–. Siéntate en la zona de descanso. Si pasa algo, te avisaré.

En cuanto la puerta se cerró, levantó la vista y se encontró con la mirada del juez. Tenía los mismos ojos azules que Sophy, aunque su mirada era más fría.

–Han cambiado mucho las cosas desde la última vez que nos vimos, Lorenzo.

–Muchísimo.

–Me alegro –el hombre miraba con gesto severo–. ¿Sophy lo sabe?

–Sí –Lorenzo tragó nerviosamente.

–¿Y es tu… amiga?

–Sí.

–Había un gran potencial en ti por aquel entonces –el rostro del juez estaba tenso–, pero estabas demasiado enfadado para sacarle provecho, para permitir que nadie te cuidara y el que lo intentaba, resultaba herido. No le hagas eso a mi hija.

Lorenzo se limitó a contemplar los pequeños dedos que descansaban inanes en su mano. No podía admitir que ya se lo había hecho.

–¿Lorenzo? –a Sophy le iba a estallar la cabeza y parpadeó con fuerza para abrir los ojos.

No hubo respuesta, aunque sabía que estaba allí. Lo

olía, sentía el calor de su mano. Era él el que le había estado sujetando la mano ¿no?

—¿Lorenzo?

—No está aquí —contestó una voz grave—. Le dije que se marchara.

—¿Cómo? —gimió ella—. ¡Papá!

—¿Sophy? —su madre se inclinó sobre ella—. Cariño ¿estás bien? Volverá. Le dijimos que se fuera a tomar un café. Llevaba casi dos horas sin moverse de aquí.

Sophy cerró los ojos de nuevo y sintió las lágrimas rodarle por las mejillas. Lorenzo no iba a regresar. No quería estar cerca de su familia. De ninguna familia.

—¿Sophy?

—¿Llamamos al médico? —la voz de su madre se hizo más aguda.

—No —protestó ella con voz ronca—. Estoy bien. ¿Qué ha pasado?

—Te atropelló un coche.

—¿Estabas huyendo de algo? ¿De alguien? —preguntó su padre con calma.

—No es lo que crees, papá —ella dio un respingo—. ¿Te acordabas de él? —lentamente, Sophy abrió los ojos y miró a su padre.

—Los recuerdo a todos —contestó el hombre con gesto sombrío—, pero algunos se graban en la memoria más que otros. Estaba muy enfadado por aquel entonces, pero tenía buenos motivos.

—Lo amo, papá —necesitaba que su padre lo comprendiera.

Sophy giró la cabeza. Lorenzo estaba en la puerta.

—Estás despierta. ¿Cómo estás? —el pánico era evidente en su tono de voz.

–Edward, vamos a tomar un café –sugirió la madre de Sophy–. Aquí no debería haber tanta gente. Sophy se va a cansar.

Sophy presenció el intercambio de miradas entre los dos hombres, el mensaje transmitido, pero que ella no supo interpretar.

Lorenzo se acercó a la cama. Estaba muy pálido.

–Sophy –la voz se le quebró–. Lo siento tanto.

–Fue culpa mía. Debería haberme fijado por dónde iba.

–No debería haberte disgustado así –Lorenzo sacudió la cabeza–. Jamás quise hacerte daño.

–Y yo no debería haber insistido en algo que jamás estarías dispuesto a ofrecerme.

–Tienes razón –asintió él–, pero no sobre lo que crees. Tal y como dijiste, tengo miedo. Soy un cobarde. Lo que me haces sentir, me da pánico –se sentó en una silla junto al cabecero de la cama–. No sé si seré capaz de darte lo que me pides.

–Lorenzo –Sophy respiró hondo. Aceptaría lo que le ofreciera, por poco que fuera. Lo amaba–. Lo único que quiero es lo que tú puedas darme.

–Pero tú te mereces mucho más que eso –él la miró triste, atormentado–. Mucho más que yo.

–No –ella no quería que la rechazara sin más–. Te quiero a ti. Eso es todo. Solo a ti.

–Y yo te quiero a ti, pero no quiero hacerte infeliz. Y ya lo he hecho.

Sophy abrió la boca para contestar, pero Lorenzo siguió hablando.

–Todo esto es nuevo para mí. Ya sabes, todo esto de la familia. Pero lo intentaré, si tú quieres.

–¿Qué te hizo cambiar de idea?

–Estar a punto de perderte hoy –la voz de Lorenzo se quebró.

–Tengo un golpe en la cabeza. No voy a morirme…

–Si te hubieras visto, no dirías eso.

–Lorenzo, estoy bien.

–Pues yo no –él cerró los ojos y agachó la cabeza–. ¿Podrás tener paciencia conmigo?

–Sí –contestó Sophy.

Todo lo demás carecía de importancia. No necesitaba grandes gestos. Solo lo necesitaba a él.

–Esta noche te quedarás ingresada –Lorenzo se inclinó y la besó tiernamente en los labios.

–No –ella frunció el ceño–. De ninguna manera.

–Sí, lo harás. Estás en observación. Seguramente sufres una conmoción.

–Pueden observarme en casa. Rosanna puede…

–Rosanna no está –la interrumpió Lorenzo–. Hoy me quedaré yo contigo. Y mañana por la mañana vendré a recogerte. A no ser –soltó un suspiro–, que prefieras que lo hagan tus padres.

–Te quiero a ti.

–No te merezco –Lorenzo le tomó el rostro con las manos ahuecadas.

–Sí me mereces –contestó ella, furiosas lágrimas deslizándose de nuevo por sus mejillas.

Tenía que hacerle entender. Lo amaba, pero no podía volvérselo a decir, no quería presionarlo. Su guerrero hablaba con acciones. Y estaba allí. Bastaba con eso.

***

A medio camino de la escalera, se detuvo, Rosanna subía con un enorme ramo de flores.

–No creas que por llevarte a mi mejor amiga a tu casa vas a librarte de mí –la joven lo señaló con un dedo.

–Se alegrará de verte –él rio–. Está aburrida.

–He traído algunas revistas.

–Llevas el collar –la sonrisa de Lorenzo se esfumó.

Rosanna acarició la pieza de bisutería.

–Lo compré la otra noche en la exposición. Quería que viera un cartel de «vendido». Aunque no hubiera tenido que preocuparme, pues vendió casi todas las piezas durante la primera hora. Estaba tan nerviosa.

–Lo sé –asintió. Debería habérsele ocurrido a él–. Eres una buena amiga.

–Sienta bien hacer algo por ella para variar. Ella siempre está haciendo favores a los demás.

Así era. Sophy se desvivía por ayudar a sus seres queridos. A Lorenzo no le gustaban todas las molestias que se tomaba por él. Ella se merecía mucho más. Sintió una opresión en el pecho.

–Hay algunas cosas más que necesito hacer por ella –Lorenzo tragó nerviosamente y se lanzó–. ¿Vas a ayudarme?

–¿Qué clase de cosas? –Rosanna lo miró con evidente curiosidad.

–Cosas muy secretas.

–¿La clase de cosas muy secretas que cuestan mucho dinero?

–Un montón de dinero –asintió él.

–Entonces acabas de encontrar a tu ayudante.

–Genial –de no sentir tanto pánico, Lorenzo habría sonreído.

Capítulo Trece

Sophy permitió que Lorenzo la ayudara a sentarse en el coche. Cuatro días después del accidente, estaba más que harta de ser tratada como una pompa de jabón.

–¿Vas a arriesgarte por segunda vez?

–La primera no fue para tanto –bromeó ella–. Ni siquiera me retuviste el pasaporte.

Lorenzo hundió la mano en el bolsillo y sacó dos libritos azules.

–¡Ni hablar! –Sophy los miró fijamente–. ¿Tienes mi pasaporte? ¿Cómo lo has hecho?

Lorenzo se limitó a sonreír con expresión traviesa.

–Espero que no hayas entrado en mi casa.

–El allanamiento nunca ha sido mi especialidad.

–Eres capaz de cualquier cosa que te propongas. Das miedo.

–¿Tienes miedo de mí?

–No –Sophy lo miró fijamente.

Él rio, pero Sophy no bromeaba. Desde el accidente se habían besado, pero no practicado el sexo. Y lo necesitaba desesperadamente. Sophy notaba la tensión en Lorenzo.

–¿Vamos a volver a Hammer?

Él se limitó a sonreír.

Se lo había parecido al sentarse en el coche de alquiler en Christchurch.

147

Pero el coche se desvió por una carretera lateral y continuó por un camino de grava. El edificio surgió de la nada. Una iglesia construida hacía un siglo, aislada en medio del campo.

–Sophy.

Lorenzo apagó el motor del coche. Estaba muy pálido y la miraba con gesto preocupado.

–¿Lorenzo?

–¿Quieres casarte conmigo? –él se volvió para mirarla directamente a los ojos.

–Sí, claro que sí –contestó Sophy incrédula, el corazón a punto de estallarle en el pecho.

Pero Lorenzo no sonreía ni parecía haberse relajado lo más mínimo.

–Me refiero a ahora mismo.

–¿Ahora? –Sophy contempló la iglesia, y luego a Lorenzo.

–Ahora mismo –insistió él.

–Por supuesto –asintió ella casi sin aliento.

–¿Estás segura? ¿Completamente segura?

–Sí –contestó Sophy–. Pero ¿lo estás tú?

Lorenzo sonrió y fue como si el sol hubiera atravesado un mar de nubes. Bajándose del coche, se encaminó hacia el otro lado y abrió la puerta del acompañante.

Sophy se bajó con cuidado, mirándolo con desconfianza mientras le tomaba la mano y la conducía hacia la iglesia, que tenía las puertas cerradas.

–No podemos casarnos ahora mismo.

No creía que hubiera ningún pastor ahí dentro, no se veía ningún coche en los alrededores, ni parecía haber un alma en varios kilómetros a la redonda.

Lorenzo abrió la pesada puerta y la empujó al interior. Sophy parpadeó y, de repente, percibió el movimiento. Las cabezas que se giraban. Las sonrisas.

La iglesia estaba completamente abarrotada.

Sophy miró a Lorenzo, de nuevo muy pálido y, por el rabillo del ojo, vio acercarse una figura.

–¡Rosanna! ¿Qué haces tú aquí?

–Soy tu dama de honor.

–¿Lo dices en serio? –Sophy la miró perpleja–. No lo dices en serio.

–Completamente en serio –contestó su amiga.

–¿Y tú lo dijiste en serio? –preguntó Lorenzo–. ¿Te casarás conmigo?

–Primero necesito que me la prestes diez minutos –intervino Rosanna.

–Te doy cinco minutos –le susurró él al oído–. No te retrases.

–No lo haré –ella leyó la ansiedad grabada en los ojos negros y lo besó en los labios.

–¿No le has oído? –Rosanna la arrastró hasta una puerta lateral–. Solo tenemos cinco minutos.

–No vas vestida de negro –observó Sophy extrañada.

–Se trata de una boda, no de un funeral.

Ella se cubrió la boca con la mano para contener una alocada risa nerviosa.

–¡Tachán! Rosanna sostuvo en alto una percha de la que colgaba un precioso vestido.

–¿Dónde lo has encontrado? –Sophy miraba boquiabierta a su amiga.

–Cariño –Rosanna se encogió de hombros–. Soy compradora profesional. Es a lo que me dedico.

—Pero, Ro…

—Ya lo sé, es impresionante, incluso para mí. Y ahora, desnúdate.

Rosanna la ayudó a vestirse antes de pasarle unos zapatos a juego con el vestido.

—Me queda estupendo.

—Por supuesto. Soy una profesional.

—¡Oh, Ro…!

—Nada de lagrimitas, aún no —la interrumpió su amiga—. Un poco de carmín de labios. No te hace falta más maquillaje.

Sophy iba a entrar en estado de hiperventilación, o se pondría histérica y correría a la iglesia, solo para asegurarse de que aquello estaba sucediendo de verdad. Necesitaba distraerse.

—¿Ha venido Vance?

—Sí.

—¿No os va bien? —a Sophy le extrañó el tono gélido de su amiga.

—Nunca nos ha ido bien. Solo nos tratamos de vez en cuando.

—¿Qué ha pasado?

—Me dijo que tenía que renunciar a los otros. Incluso me dio un ultimátum.

—Qué poco razonable por su parte —observó Sophy secamente—. ¿Y qué le dijiste?

—Le dije que no, por supuesto.

—¡Oh, Rosanna!

—Si no te callas voy a embadurnarte toda la cara con carmín —su amiga apartó la mirada—. Ya me conoces, Soph, estoy feliz por ti, en serio, pero sabes que toda esta historia de monogamia y finales felices no es para mí. Solo recorreré el pasillo hasta el altar como tu dama de honor.

–Lo sé. Y sabes lo contenta que estoy de tenerte aquí.

–Fue divertido gastar el dinero de Lorenzo. Bueno, ya tienes algo viejo: el vestido. Algo nuevo: los zapatos. Ahora hay que ponerte algo prestado y algo azul –con una mirada traviesa, se desabrochó el collar.

–Rosanna –los ojos de Sophy se inundaron de lágrimas.

–Tienes que llevarlo. A él le encanta vértelo puesto.

–Te lo devolveré después.

–Por supuesto. Es prestado –Rosanna sonrió.

–¿*Belladona*?

–¡Papá! –Sophy se volvió.

–Estás preciosa –el hombre se acercó, muy elegante con su traje gris y una orgullosa sonrisa en el rostro–. ¿Te gustaría caminar de mi brazo hasta el altar, Sophy?

–Pues claro, papá –ella se fundió en un abrazo con su padre–. Pero solo para entrar.

–Sí –Edward rio–. La salida ya la tienes cubierta.

–¿Cómo ha podido suceder todo esto? –ella seguía sin podérselo creer.

–Lorenzo ha dedicado los tres últimos días a organizarlo.

–Pero ¿es legal?

–Soy juez, cielo. Por supuesto que lo es.

–Pero ¿cómo?

–Es un buen hombre. Y sabe hacer las cosas.

–Es muy fuerte –Sophy asintió–. Y es maravilloso conmigo.

151

–Eso es evidente. Alguien que te ame así siempre será bienvenido en nuestra casa.

¿La amaba Lorenzo? A su manera estaba claro que sí. Quizás algún día incluso se lo diría.

–¡Date prisa! Ese pobre chico se está poniendo más pálido que un fantasma.

¿Ese pobre chico? Sophy ahogó una mezcla de sollozo y carcajada y se abrazó a su madre.

–Nada de lágrimas –ordenó su padre a ambas mujeres–. Se os estropeará el maquillaje.

–Aguanta, Renz. Estará aquí enseguida.

–No me quedaré a gusto hasta que haya terminado –hasta que fuera suya–. Gracias por venir.

–No me lo habría perdido por nada del mundo. Dani está loca de felicidad.

Lorenzo miró de reojo hacia la mujer de su amigo, sentada entre Kat y Cara con su bebé acurrucado contra el pecho. A su lado, el feliz padre los miraba embelesados. Un escalofrío le recorrió el cuerpo, incapaz de soñar con el día en que pudiera protagonizar una escena parecida. Su atención regresó a la puerta al fondo de la iglesia. ¿Dónde demonios estaba?

–Relájate.

Para Alex era fácil decirlo. Sophy era su única esperanza de salvación, el nexo con una humanidad que había enterrado hacía mucho tiempo. Con ella recobraría el valor para abrirse, para conseguir cualquier cosa, para aceptar lo que la vida le ofreciera.

Las fuerzas flaqueaban. ¿Había hecho lo correcto? Toda la familia de Sophy se encontraba allí. De repente, la música empezó a sonar y todos se pusieron en pie.

Lorenzo no recordaba la última vez que había llorado, seguramente hacía décadas. Por pura fuerza de voluntad consiguió reprimir las lágrimas. No iba a consentir que nada emborronara la visión que tenía ante él. ¡Qué hermosa estaba! El vestido, blanco y ajustado, rozaba el suelo. Los ojos azules, casi dolorosamente brillantes, lo miraban a él.

Sophy sonrió y Lorenzo sintió que el corazón le estallaba en el pecho.

Siguiendo las instrucciones del reverendo, repitió las palabras y escuchó las de ella.

Ya podía besarla. Pero había algo que necesitaba hacer antes, delante de cientos de testigos. Aclarándose la garganta, pronunció las palabras que jamás le había dicho a nadie.

—Te amo —de repente, toda tensión desapareció—. Te amo —repitió con una sonrisa. Alto y claro.

Sophy se desmoronó y él la besó.

Era cierto, la amaba. Sophy se lo oyó susurrar de nuevo mientras la abrazaba tan fuerte que apenas la dejaba respirar. Y ella le tomó el rostro entre las manos y lo besó.

Los asistentes estallaron en vítores y aplausos. Sophy se volvió hacia el mar de sonrisas durante un instante, antes de devolver toda la atención a su esposo. Juntos lograrían cualquier cosa.

—Te amo, Lorenzo.

Recorriendo el pasillo del brazo de su padre, Sophy solo había tenido ojos para el hombre que la esperaba ante el altar, temiendo que se tratara de un espejismo.

Pero mientras recorría ese mismo pasillo en sentido contrario, los vio por primera vez. Estaban sus padres, sus hermanos, sus tíos, algunos primos, los chicos de Rosanna y otros amigos. Reconoció a Vance, Kat, Cara y a los Wilson.

Dos autobuses se habían materializado de la nada frente a la iglesia y fueron conducidos al viñedo de los Wilson, donde celebraron el convite. Comieron, bailaron y rieron.

Normalmente era ella la que lo organizaba todo, pero el mejor día de su vida había sido organizado por todos sus seres queridos.

–No me puedo creer lo que has hecho por mí –ella lo miró a los ojos mientras bailaban.

–Quería tener un bonito detalle contigo –Lorenzo sonrió.

–Ya habías tenido muchos detalles bonitos conmigo, Lorenzo. El taller, el fin de semana en Hammer, esos diseños para las etiquetas.

–Pero todo tenía condiciones. Hoy no hay ninguna condición.

–Aparte de que he prometido ser tu esposa y amarte siempre.

–Un pequeño detalle, sí.

–Incondicional.

–¿Te molesta no haber podido organizar tu boda? –él la abrazó con más fuerza.

–¿Molestarme? –Sophy rio–. Ha sido un alivio no tener que hacerlo.

–Rosanna estuvo fantástica –Lorenzo le acarició la mejilla–. Y tus padres también.

–Gracias.

–Te aman.

Ella asintió, incapaz de pronunciar una palabra más.

–¿Sophy?

Sophy escondió el rostro en el cuello de Lorenzo.

–Te amo –Lorenzo sonreía y su mirada resplandecía, sin sombras–. De haber sabido lo bien que sienta decirlo, lo habría hecho el día que llamaste al médico desde mi apartamento. Ya entonces quería hacerte el amor, como voy a hacértelo ahora.

–Menos mal –Sophy suspiró–. Temía que hubieras hecho un voto de castidad.

–Y lo hice –contestó él–. De no volver a acostarme contigo hasta que fueras mi esposa.

–Pues ya lo soy

–Sí.

Atravesando los viñedos, se perdieron en la noche y llegaron a una pequeña cabaña.

–Gracias, gracias, gracias –Lorenzo la abrazó con fuerza.

–¿Por qué?

–Por todo –él sonrió tímidamente–. He hablado con tu padre.

–¿En serio?

–Cuando le pedí su bendición. Fue una charla muy ilustrativa –de repente la miró con tristeza–. Estuvo de acuerdo en que es imposible controlar los sentimientos, pero que es mejor aceptarlo. Y luego trabajar con ellos –le tomó la mano–. Quiero trabajar mi amor por ti.

Y lo hizo, explicándole la ternura que le había hecho sentir, la felicidad que había llevado a su vida.

Sophy lloró al oírlo, al sentirlo, al ser amada. Y lo amó hasta que tembló en sus brazos.

–No estarás solo –susurró ella–. Nunca más.

Y se abrazaron hasta que no les quedaron más lágrimas por derramar a ninguno de los dos.

–¿Vamos a quedarnos aquí? –preguntó ella pasado un rato.

–Unos días.

–Entonces ¿para qué querías mi pasaporte?

–Para que no pudieras escaparte –él rio.

–Yo solo querría escapar contigo.

–Y lo haremos. Muy pronto. Pero pensé que sería mejor decidirlo juntos. Pareces cansada.

Acurrucándose contra él, Sophy descubrió que no estaba tan cansada.

–Una vez no ha sido suficiente, Lorenzo.

–Bruja exigente –él se incorporó–. Siempre me estás pidiendo más.

–¿Tanto esfuerzo te supone? –ella soltó una carcajada.

–No –contestó Lorenzo, abrazándola con fuerza–. Para mí es el paraíso.

Deseo

SIGUE A TU CORAZÓN

MAUREEN CHILD

Connor King era un exitoso hombre de negocios, un millonario taciturno y… ¿padre? Cuando descubrió que era padre de trillizos se sintió traicionado y decidió conseguir la custodia de sus hijos, aunque ello significara enfrentarse a su atractiva tutora legal, Dina Cortez.

Dina había jurado proteger a Sage, Sam y Sadie. Pero ¿quién la protegería a ella de los sentimientos que el perturbador y arrogante señor King le provocaba? Una vez se mudara a vivir con los niños a la mansión de Connor, ¿cómo podría ignorar que su cama estaba a apenas un latido de distancia?

Tres hijos y una atractiva tutora legal...

¡YA EN TU PUNTO DE VENTA!

Acepte 2 de nuestras mejores novelas de amor GRATIS

¡Y reciba un regalo sorpresa!

Oferta especial de tiempo limitado

Rellene el cupón y envíelo a

Harlequin Reader Service®
3010 Walden Ave.
P.O. Box 1867
Buffalo, N.Y. 14240-1867

¡Sí! Por favor, envíenme 2 novelas de amor de Harlequin (1 Bianca® y 1 Deseo®) gratis, más el regalo sorpresa. Luego remítanme 4 novelas nuevas todos los meses, las cuales recibiré mucho antes de que aparezcan en librerías, y factúrenme al bajo precio de $3,24 cada una, más $0,25 por envío e impuesto de ventas, si corresponde*. Este es el precio total, y es un ahorro de casi el 20% sobre el precio de portada. !Una oferta excelente! Entiendo que el hecho de aceptar estos libros y el regalo no me obliga en forma alguna a la compra de libros adicionales. Y también que puedo devolver cualquier envío y cancelar en cualquier momento. Aún si decido no comprar ningún otro libro de Harlequin, los 2 libros gratis y el regalo sorpresa son míos para siempre.

416 LBN DU7N

Nombre y apellido	(Por favor, letra de molde)

Dirección	Apartamento No.

Ciudad	Estado	Zona postal

Esta oferta se limita a un pedido por hogar y no está disponible para los subscriptores actuales de Deseo® y Bianca®.
*Los términos y precios quedan sujetos a cambios sin aviso previo.
Impuestos de ventas aplican en N.Y.

SPN-03   ©2003 Harlequin Enterprises Limited

Bianca

La venganza nunca había sido tan dulce...

Melodie Parnell era tranquila y contenida, pero siempre había querido sentir una pasión incontrolable. Y creía haberla encontrado en la cama del atractivo Roman Killian, pero, después de haber hecho el amor con él, había tenido que volver bruscamente a la realidad al enterarse de que sus verdaderos planes habían sido... ¡destrozarle la vida!

Roman no había planeado sentir la necesidad de calmar el anhelo que había en los ojos azules de Melodie. Convencido de que esta había sido enviada por su enemigo, había pretendido castigarla. Pero ella era inocente y tenía que cambiar de plan. ¿Sería posible que sus votos de venganza se convirtiesen en votos de matrimonio?

Votos de venganza

Dani Collins

LA NOCHE DE CENICIENTA

KAREN BOOTH

El empresario Adam Langford siempre conseguía lo que quería. Y quería a la rubia con la que había compartido su cama un año antes y que después desapareció. Ahora un escándalo de la prensa del corazón devolvía a Melanie Costello a su vida… como su nueva relaciones públicas, aunque el auténtico titular sería que saliera a la luz su ardiente secreto.

Mejorar la imagen rebelde de Adam era todo un reto y, mientras lo lograba, ¿cómo iba Melanie a ocultar la química que había entre ellos? ¿Sería capaz de arriesgarlo todo por el único hombre al que era incapaz de resistirse?

¡Había sido una aventura de una noche!

¡YA EN TU PUNTO DE VENTA!